拿著手術刀的獵人

메스를 든 사냥꾼

崔異導 최이도

黃莞婷 譯

2023年7月17日

勢賢脫下外套，隨手丟在地板上，接著仔細消毒雙手。換上手術衣時，那粗糙的布料觸感讓她本就緊繃的神經更加敏感。她把帶子繫到背後，在腰間打了個小巧的蝴蝶結——這樣的動作她已經重複過無數次，手指的記憶早已快於大腦反應。

連續打了幾個疲憊的哈欠後，勢賢推開會客室的門，隨意換上門邊的拖鞋，抬頭時，她的目光正好與已經等在那裡的男人對上。對方微微點頭示意：

「一早辛苦了。」

因為熬夜工作到凌晨，勢賢疲憊的神情藏在口罩之下。她迅速打量站在眼前的男人——一位身穿便服的年輕警察。即使在這樣炎熱的天氣裡，他依然將襯衫扣子一絲不苟地扣到領口，識別證也端正地掛在胸前。看來應該是個基層巡警或剛升任警員不久的菜鳥吧。

「您好，我是刑事科重案組警衛，鄭正賢。」

出人意表的答案。勢賢看了看那雙禮貌遞上資料的手，微微點頭致意。儘管鄭正賢給人的第一印象有點呆板，不過他似乎很清楚如何不破壞氣氛，他迅速取下掛在脖子上的識別證，遞了過來。

「我是湧泉警署的警員，這次來訪是因為今天凌晨發現的一具屍體。」

勢賢仔細端詳著識別證上的照片。照片中的正賢身著制服，不過細看之下，那制服和普通警察制服略有不同。年紀輕輕卻當上了與年齡不相符的警衛，八成是警察大學畢業直接升上來的吧。真夠倒楣，竟然碰上這種傢伙。難怪會挑這種像畢業紀念冊裡的照片來用。勢賢心中不屑地嘖了一聲，接過資料後坐了下來。

或許是察覺到勢賢的不耐煩，正賢筆直地站在對面，一動也不動。勢賢翻閱著資料，手肘習慣性地擱在椅子扶手上。翻到一半時，她用略帶鬱悶的眼神示意正賢坐下，正賢彷彿等這個時刻許久，滔滔不絕地說起事件經過。

「今天凌晨四點四十七分，我們接獲報案，說有人發現一具屍體，我們立刻趕到現場。案發地點是附近居民經常出入的地方，而遺體的狀況慘不忍睹，所以……」

正在活動手腕的勢賢皺眉，疑惑地問：

「是發現得太晚？還是管理不善？」

「都不是。發現時間算早，只是棄屍地點有點特殊……」

「特殊？」

語氣中滿是不耐。從昨天中午到現在，勢賢已經驗了超過十具屍體，連上廁所的空檔都沒有，週末的工作量更是爆表，熬了一整夜，總算能稍微喘口氣，結果所長來電，臨時要她幫忙驗一名意外死亡的屍體，讓她不得不留下來。更別說晚餐還沒吃，飢腸轆轆更添煩躁，連整理思緒的時間都沒有，就像被追趕般匆匆進了會客室。

「屍體被發現的地點附近有許多出租套房，那裡靠近大學，有不少學生住在那裡，而且離客運站不遠，人流量大。」

即使對方態度溫和，勢賢還是下意識地把口罩往上拉了拉，維持著戒備的姿態，示意他繼續說下去。

「大學正門那邊有條小路，路邊有一片小稻田，地主除了種稻，也在旁邊種了芝麻葉。屍體就是在那片田裡被發現的。」

翻看著照片的勢賢，想起昨天中午檢驗員準備的鮪魚飯捲裡乾巴巴的芝麻葉。忙了整天，她只吃了半條飯捲配上一杯雙倍濃縮的美式咖啡。偏偏這種日子工作總是多得離譜。

在驗屍工作繁忙的月份，勢賢平均一個月要接手約八十具屍體。換算下來，平均每天有兩三個人死亡。死因千奇百怪，數也數不清。然而，在國科搜[1]待了七年後，看到沒吃完的飯捲會比看到屍體更難受，這大概也是無可奈何。

「昨天有下雨？」

「下得不小，風也很大，芝麻田被壓倒，屍體才得以早早被發現。」

「……得以早早被發現。」

勢賢怔怔地盯著桌上的馬克杯。這是警察最令她不滿的口頭禪之一。大熱天裡隨處可見的無名屍，再加上漫不經心的警察，這樣的組合讓她在開始解剖之前就已經厭倦。

「是的，上面寫著屍體嚴重腐爛。」

「比起腐爛，更嚴重的是屍體毀損。發現的時候，毀損程度肉眼可見，奇怪的是，現場整

1　國家科學搜查研究所的簡稱。

理得異常乾淨，而且蓋在屍體上的塑膠袋……」

勢賢冷不防地將文件夾重重地摔在桌上，聲音嚇得正賢閉上了嘴。其他法醫在與警察會談時，通常會花不少時間一同翻閱現場照片，試圖釐清案情，但是勢賢偏偏最討厭在解剖前看這些調查紀錄。

「死亡時間推測是三天前，然而，這只是根據現場勘驗得到的初步判斷，確切時間還是得等解剖才知道。即便遺體有被外力破壞的痕跡，但因為蛆蟲啃蝕嚴重，具體的死因尚不清楚。還有什麼要補充的嗎？」

「還有，傷口附近好像黏著某種不明物質，請務必注意……」

勢賢拿起馬克杯，連裡面是什麼都沒確認就直接灌了一口，隨即站起身來。

「那部分我會親自檢查再判斷。」

勢賢正要換鞋，身後傳來低沉的聲音：

「那具屍體有很多可疑之處。」

勢賢漫不經心地聳了聳肩。

「如果沒有奇怪的地方，刑警你也不會一大早就來找我吧？」

「明白了，那麼……我在這裡等結果。」

正賢小心翼翼地將剛才被勢賢隨手扔下的資料遞回她手中。

在與刑警打交道時，偶爾會遇到對案件過於執著的刑警。有的刑警會破口大罵，逼她立刻交出鑑定報告；有的刑警會眼眶含淚懇求。但無論如何，從勢賢踏入相驗室的那一刻起，他們能做的就只有雙手交握地等待，等待小小的會客室的門再次打開。

忍住冷笑，勢賢一下子伸手接過資料，低下頭。掛在耳側的頭髮垂落，如同一面簾子恰好遮住她皺起的表情。她換上拖鞋，直接走出會客室，推開相驗室的門。

勢賢甫踏進相驗室，原本還在嬉笑的兩名法醫檢驗員嚇了一跳，滿臉驚慌失措，慌張地低下頭，貌似不知這起案子由勢賢負責。

才剛踏進一步，一股刺鼻的氣味就從地板飄來。勢賢隨手將指尖勾著的文件夾甩到解剖台上。或許是疲勞還未消退，她側著頭伸展了下脖子後，指指站在最前面的男檢驗員：

「在哪裡進行？」

「今天會在A解剖台進行。」

「就這裡？」

「什麼……」

「對不起，我們馬上準備。」

正當男檢驗員想開口解釋，就被女檢驗員一把拉住手臂，示意他住口。勢賢對她笑了笑，打開水龍頭，用強力的水流清洗雙手。水壓過大，濺起的水花直接濺到旁邊檢驗員，打溼了他整片前胸。勢賢不理會對方慌張後退的動作，保持相同水壓，來回沖洗著雙手，倒影在深凹不鏽鋼水槽的水波中微微晃動。

在這間相驗室待了七年，這裡就像家一樣舒適，只是偶爾也會有種初來乍到的陌生感。每當這種感覺襲來，勢賢便會盯著流理台發呆，腦海中浮現某間餐廳的水槽。裡面塞滿大把的蔬菜和冰塊，還有堆疊如山、散發腥臭味的鯖魚。接著，畫面逐漸變形，魚不見了，取而代之的是一團團沾滿鮮血的內臟，傾瀉而下。這裡的一切都是冰冷的、乾枯的，和任何擁有生命的事物格格不入。

勢賢背手站著，檢驗員們開始忙碌起來。當手術刀的刀柄被放到厚布上，彼此碰撞，發出清脆的聲響。裝刀片的塑膠袋和紙張混在一起，摩擦出細微的沙沙聲。這是勢賢最喜歡的相驗室背景音。

不到十八公分的手術刀到了勢賢手中就變得無所不能。只需靜靜地握住它，它就會像等待已久般迅速地切入，剝離皮膚，劃開肌肉和骨骼，撕裂血管。

門被推開，兩名檢驗員連忙上前將推車拉進相驗室，晃動的塑膠袋邊緣吸引了勢賢的視線，只要那層塑膠袋一掀開，這句屍體就正式歸她管了。其中一名檢驗員快步跑來，雙手撐開乳膠手套的開口，勢賢不慌不忙地伸進右手，再接過另一隻手套，走向解剖台。

此時，被塑膠袋覆蓋的屍體已被緩緩移到解剖台中央。勢賢上前一步，感受帶輪子的金屬解剖台散發出的寒氣。腐屍散發出的氣味穿透口罩，鑽入鼻腔。

「啊！」

掀開塑膠袋的檢驗員看起來相當震驚。

「先拍臉部照片。」

這具屍體的狀況太過駭人，沒有人願意主動靠近，全都猶豫不決地站在一旁。

「還不拍照？」

聽到勢賢果斷的語氣，檢驗員這才回過神來，連忙踩上腳踏板，拉近鏡頭拍攝。相驗室裡所有人都默不作聲，唯有相機快門「喀嚓」聲在寂靜中迴響。

新來的檢驗員口罩勒太緊，顯得呼吸有些困難。另一名檢驗員則努力掩飾表情，然而，從緊繃的眉頭不難想像口罩底下的模樣，而站在一旁的另一人似乎完全不敢直視屍體，不停開開關關儲物容器的蓋子，重複無意義的動作。

看到這可笑的景象，勢賢努力忍住笑容，熟練地將手伸進屍體的頭髮裡，檢查頭皮是否有傷口，並指示檢驗員再拍一次照片。

檢驗員們盡力遵從指示卻又極力與屍體保持距離。這種場面也許會讓某些人感到厭煩，不過勢賢反而更喜歡這樣。與其看人手忙腳亂，感到煩悶，還不如讓這具讓人退避三舍的遺體將膽小鬼們趕得遠遠的，這樣工作起來更加方便。

「右眼、臉頰、下顎都被蛆啃過。拍攝臉部照片。」

「是，已經拍好了。」

勢賢仔細觀察屍體的臉，很快便失去了興趣。這不過是一具嚴重腐爛的屍體，由於存在外力造成的損傷，因此只要粗略估計死亡時間，記錄下來，調查死者周圍的人際關係，鎖定該時段最後接觸過死者的主要嫌疑人，把人抓起來就行了。用不了多久，一名與死者年齡相仿的男人就會跑到警署，哭哭啼啼地聲稱自己因為對方變心而心碎，然後案件將被移交至法院審理，結案。

還沒拿起手術刀，勢賢就已經對這具屍體失去了興趣，只想隨便寫個鑑定報告，收工回家。她揮手示意檢驗員掀開塑膠袋，準備正式進行解剖。隨著沙沙聲響起，塑膠袋被慢慢掀開，而原本忙碌的檢驗員們也在這一瞬間屏住了呼吸。

屍體的毀損程度就像事先聽說的一樣嚴重，然而，真正讓所有人驚愕的，並不是這個原因。掀起塑膠袋的檢驗員驚恐地向後退，手肘不小心撞翻器皿，金屬托盤墜地，發出一聲宛如野獸哀號的刺耳聲響。這間相驗室的所有活人都說不出話來。

勢賢雙手抱胸，靜靜地凝視著遺體，極力掩飾內心的緊張。她能清楚聽見自己血管興奮震顫的跳動聲。

死者性別女性，推測為二十出頭。由於棄屍地點位於大學附近，說不定死者的身分已經確認了。勢賢又往解剖台靠近一步，屍體嚴重腐爛，從外表能看出的資訊並不多。按照慣例應該用手術刀剖開屍體，進行全面相驗。然而，這一次她不需要動刀。因為它已經是開著的了。

屍體自胸口下方至肚臍，被人硬生生劃開一道長長的傷口。不僅如此，右小腿還有一道歪歪扭扭的十字形傷口，雙掌皮膚也被剝離。從皮膚組織外翻的狀況來看，這些傷口已經被剖開很長一段時間了。

勢賢正準備將手伸進裂開的傷口，但動作到一半停了下來。暗紅色的縫線隨著她的指尖微微晃動。勢賢不由得失笑，竟有人縫合了這具屍體。

她用指尖輕輕拉了一下那條染血的縫線，就像是用來標示內臟位置一樣，用X形縫合的皮膚末端被拉緊了。她的指尖微微顫抖，猛地放開縫線，血液瞬間湧遍全身，後背火辣辣的，止不住地顫抖。

勢賢的目光無法從屍體上移開。這不是普通的屍體。她拿起鑷子，翻開眼瞼，只見眼球上浮著細小的血珠。勢賢彷彿下定決心似地凝視著那顆已半毀的眼球。

「把刀給我。」

輕輕轉動手腕，重新將手術刀的刀刃朝內握住。她將刀刃對準脖子。那裡有著清晰的勒痕。從指尖交錯的痕跡看來，凶手應是從背後勒住了死者的脖子。她毫不猶豫地劃開脖子，剝離肌肉，不出所料，喉軟骨中最大的甲狀軟骨左側已經骨折出血。

必須先確定這些痕跡是死前造成的還是死後產生的。她切開肌肉的動作停頓了一下，隨即皺眉來回打量屍體的上半身和臉部。奇怪的是，死者的臉部腐爛尤為嚴重。

「屍體發現時，狀態如何？」

「被農業用塑膠布包得密不透風。」

「農用塑膠布？」

即使看了檢驗員攤開的現場照片，疑問似乎仍未解開，眉頭皺得更深，轉頭望向解剖台。

她輕輕劃開包住頸部軟骨的肌肉周圍的小水泡，鮮血立刻滲了出來。這代表在死亡訊號傳到大腦之前，凶手已經快狠準地折斷了死者的骨頭。

「牙齦和眼球周圍出現瘀點，水泡切開後有出血反應。頸部壓迫是死前發生的。記下來。」

勢賢皺眉低聲說著，目光落在死者的右小腿。那與完整的左小腿不同，右小腿的皮膚幾乎完全剝落，骨頭外露。她舉手示意旁邊正在記錄的檢驗員過來。

「過來聞聞看。」

「呃……有一股刺鼻的消毒藥水味。」

其他兩名檢驗員也圍過來，輪流湊近聞了聞，紛紛點頭，表示同意。勢賢仔細檢查死者右小腿，那裡的消毒藥水氣味格外濃烈。她用手術刀刀尖挑起一團微小的青綠色纖維，顏色和流理台角落塞著的菜瓜布如出一轍。

其中一名檢驗員迅速將裝檢體的盤子。勢賢將手術刀交給另一名檢驗員，然後朝剛才一直亂按快門的檢驗員瞥了一眼，不耐地指出正確的拍攝部位。

勢賢拿起剪刀，深吸了一口氣，小心翼翼地剪斷每一根縫線，盡量避免損傷皮膚組織。可能因為過於專注，連牙齒都隱隱作痛。處理完後，她輕輕轉動脖子，舒展筋骨，退了一步。

必須克制自己不斷推測的思緒，努力站在客觀的角度審視這具屍體。然而，不知為何總覺得有種熟悉的感覺。警察說屍體毀損嚴重，勢賢卻猶豫了，這種程度是否還能稱之為毀損？

她之所以感覺熟悉不是沒有理由的。這具內臟被翻出，神經被拉開來的屍體，和她在醫學系大一那年暑假見過無數次的大體老師驚人地相似。以防萬一，勢賢仔細檢查固定內臟的筋膜和結締組織。檢驗員們交換眼神，等待勢賢的下一步指示。

好像想起了什麼，勢賢拿起案發現場的調查報告。然而，她很快注意到幾名檢驗員仍站在一旁。她不耐煩地揮揮手。

「還愣著幹嘛?快收集器官組織和檢體進行藥物檢測。」

話音剛落，相驗室立刻響起水聲，勢賢自然而然地看向牆上的時鐘。比平常用的時間要多。也許是因為這樣，一種說不出的不安感悄悄地湧上。這具屍體明明是第一次見到。醫學系六年、實習醫師一年、住院醫師一年半，加上國科搜七年，她翻遍所有記憶卻找不到任何與此相似的畫面。然而，這股熟悉感讓她煩躁不已。

「不好意思……科長，您最好過來看一下。」

聽到檢驗員的呼喚，勢賢想讓自己冷靜，像是已經做好心理準備一樣，泰然自若地走近。然而，今天身體特別不聽使喚，腳步異常沉重且不自然。當她將手伸進那池混濁的血水深處時已準備摸到熟悉的東西。然而，內臟已經被人取走，而殘留的器官上，幾縷縫線仍然懸掛著，搖搖晃晃。勢賢的眼神微微顫動著。

比現在更年輕、更睿智的時候，她曾見過類似屍體的記憶瞬間浮現。勢賢不由自主地後退，衝出相驗室。她直接將沾滿血的手套和手術衣胡亂扔在地上，拔腿狂奔。那些曾經刻意壓抑、層層堆疊的記憶，如同剝落的碎屑，落在她倉皇逃離的腳步後方靜靜積累成厚厚一層。

「湧泉」意指泉水湧出的地方，這座城市確實如其名，倚著一級水質的河川發展，環境寧靜祥和。從首爾出發，自駕約五十五分即可抵達。這裡唯一的優勢就是空氣清新、離首爾近。然而，因為競爭力不及周邊城市，原本規劃的地鐵站被取消，導致這點優勢也逐漸成為過去式。

儘管打著「宜居城市」的口號，在周邊環境建設上下足功夫，然而，湧泉市的人口數始終停滯不前，令人無奈。鄰近城市的地鐵站一個接一個地興建，而這裡的客運站擴建計畫卻已拖了數年。總之，這座「小城市」很難稱之為城市，然而要稱之為鄉下又不太貼切。

正午時分，本應熱鬧的市中心商圈卻冷冷清清，只有幾名行人為了躲避水泥地升騰的熱氣，在騎樓下徘徊。勢賢靜靜地將頭靠在窗邊，看水滴順著玻璃滑落。

明明才在收音機裡聽到梅雨季已經結束的消息，天空仍舊被翻騰的烏雲覆蓋，隱藏在雲層後的烈日和潮溼的空氣卻在做最後的掙扎，宣告這場雨季尚未真正結束。

抵達前十分鐘。從雨刷加快擦拭的聲音來看，雨勢彷彿又大了一些。勢賢漫無目的地反覆按著手機的主畫面鍵，但很快又覺得無趣，乾脆將手機塞進褲子口袋裡。原本就不大的口袋被巴掌大的手機撐滿，衣服更加緊貼著皮膚，讓她感到煩悶。

遠遠地，一隻展翅飛翔的虎頭海鵰映入眼簾，讓她不由得皺起眉頭，怎麼也看不過這個標誌。據說這是為了強調警察的敏銳和迅速應變能力，不過，難道沒有人發現虎頭海鵰其實也喜歡啄食腐肉嗎？勢賢盯著它的翅膀，直到它完全消失在視線中。

抵達前兩分鐘。勢賢又習慣性按著手機音量鍵，上上下下地調整。遠處，那棟模仿電視台風格卻略顯生硬的建築物上，天線突兀地伸出。左轉號誌亮起，警車按指示駛入校園旁的停車場。

警車還沒完全停穩，勢賢就猛然推開車門，直直朝圍成一圈的封鎖線走去。守在入口的義警攔下她，她不耐煩地揮了揮自己的證件，隨即穿過封鎖線。

七月的農田裡，颱風掃過的痕跡仍清晰可見，而就在一旁，那片出事的芝麻葉田在傾盆大雨下已經整片塌陷到地面。勢賢快步走向現場，被雨水浸溼的泥土濺髒了她的鞋子和西裝褲。她煩躁地拍掉泥巴，但目光始終沒有從現場移開。

「現場有整理過嗎？」

「沒有，我們保持了發現時的狀態。」

「挺乾淨的呢。」

散落四處的稻穗與芝麻葉、前來處理屍體的檢驗員踩出的腳印、積水成泥的地面……雖然勢賢說「乾淨」，現場實際上卻亂得很。她神情不滿地盯著標示證物而立起的牌子。正賢翻開調查紀錄，拿出發現屍體當時拍的照片。

「這是受害者的隨身物品。只有一個包包。凶手完全沒碰過它。從現場異常乾淨的狀況來看，這恐怕不是他第一次殺人。」

「理由是？」

「如果是竊賊一時衝動殺了人，那他一定有偷竊習性，現場一定會留下痕跡。像是翻找受害者的隨身物品或是帶走現金。用偷錢的手奪走一條人命，情緒勢必會產生劇烈波動，這裡也一定會變得混亂不堪。」

正賢指著距離屍體發現處約一掌遠的足跡，說道：

「這雙鞋是農田主人昨晚忘在這裡的。凶手在這裡換上這雙鞋並棄屍。無論棄屍計畫再周密，第一次殺人的話，凶手很難妥善處理好現場留下的物品。」

勢賢面無表情地聽著正賢的分析，從後口袋裡取出手套，摘了幾片芝麻葉，又從地上抓了一把泥土，一併裝進了塑膠袋。

「這是要幹嘛……」

「塑膠袋上沾了不少泥土，必須進行土壤檢測，看看這片農田是否真的是棄屍地點，還是屍體曾經被放在別的地方。調查過證物清單了嗎？」

「還在進行中。」

「這是我的名片。調查完馬上把證物清單發給我。」

正賢還在仔細端詳名片，勢賢便已經爬上遠處的坡道。正賢擔心她會向後摔倒，連忙跟上，想扶她一把，勢賢卻熟練地找到支撐點，憑自己的力量爬了上去。她的體型和氣質並不像運動神經特別發達的人，然而那股倔強的態度顯然說明她不喜歡接受別人的幫助。

勢賢走出警方封鎖線，沿路緩步前行。這條路通往學校前的小巷，正如正賢所說，白天不至於人煙稀少，不過看看那稀疏的路燈，夜晚的景象恐怕又是另一回事。何況這所學校位於遠離市區的偏僻地帶，周圍多是農田。

走近農田旁邊的小水渠，但看來這裡並不適合接水。勢賢重新沿著最初進入的小巷，順著與小巷相連的大路，走向緊鄰停車場的正門。凶手巧妙地找到處處都有監視器的校園內唯一死角，棄屍於此。他在下手前大概已經多次來此勘察，將這一帶地形摸得一清二楚。

「確認受害者身分了嗎？」

勢賢這才像是剛發現一直跟在自己身後的正賢，泰然自若地問。

「還沒。受害者身上沒有身分證，手機也被雨水泡壞了，無法正常使用，只能等檢驗證物時一同確認身分。」

「凶手徒手掐住脖子殺人，找到ＤＮＡ證據的機率很高。只要分析一下，應該能有助於鎖定嫌疑人。那接下來的調查計畫是怎樣的呢？」

正賢對於話題一下子轉到調查方向感到措手不及。不過他還是盡可能整理出當前能透露的資訊，清楚回應。

「我們會按標準程序進行。先勘查案發現場周邊，然後根據最早發現的第一目擊者的證詞，逐步尋找該時段的目擊者，同時加強巡邏。」

「監視器呢？」

簡單的提問，讓原本自信滿滿的正賢頓時語塞。

「不就是因為沒有，才需要找目擊者嗎？」

注意到勢賢正盯著自己，正賢連忙開始解釋起來。

「那個……妳也看到了。那條小巷沒有能安裝監視器的路燈，而且巷子太窄，車輛無法進入，當然也不會有行車紀錄器的影像……」

「你們調閱過正門前三岔路口的監視器了嗎？」

「什麼？」

「凶手應該用車運送了屍體，棄屍地點就在這條小巷入口旁的農田，那車輛大概是從正門開進來後，就近停在這附近。這樣的話，進正門前，在左轉紅綠燈上的監視器應該會拍到車輛。」

「呃……是的……是這樣沒錯……」

勢賢看了眼發愣的正賢，對他的反應不甚滿意，隨即走向正門。正賢愣了一下，回想著方才的對話，趕緊追上去攔住她。

「那個，徐科長，請等一下，妳要去警署嗎？」

「我幹嘛去？我要回國科搜。」

看了看時間，已經是上午十點多了。正賢也認為自己該回警署，但是一想到勢賢在短時間內迅速掌握現場，還提供了新證據，實在不想就這樣讓她走。

「我送妳吧！」

正賢一直自認反應靈敏，可是沒想到在那一瞬間腦海蹦出來的就這一句，讓他頓時感到挫敗。

「送到首爾？」

不出所料，勢賢對這拙劣的建議並不買單。

「妳是第一次來湧泉吧？我送妳到客運站。」

不知誰按下了行人號誌的語音提示按鈕，綠燈亮起時，響起了刺耳的嗶嗶聲。勢賢拿出口袋裡的手機，剛要接電話又頓了一下，看向正賢：

「我不是第一次來湧泉。」

勢賢快步穿過斑馬線，轉眼間消失在巷弄間。正賢呆呆地望著她遠去的背影，直到後口袋傳來震動，才匆忙接起電話。

——我說對了吧？

聽到振宇的聲音，正賢這才放鬆下來，不由得輕笑出聲。

「是啊，這次我信了。」

正賢踏著輕快的腳步走向停車場。振宇是大他兩屆的警大學長，因為柔道社團認識的。當時正賢因無法適應學校生活正想退學，每次都是振宇不厭其煩地勸說、支持，是少數讓他堅持下去的重要朋友。振宇很能幹，卻因過於注重原則經常被排擠，因此從學生時期就特別照顧同樣不合群的正賢。

正賢大學畢業後，原本應該按照父親的期望直升法學院，他卻背著家人偷偷報考警大，沒想到意外收到錄取通知。身為法官夫婦的獨生子，他在父母的庇護下度過了順遂的十九年人生，而這是他人生中第一次叛逆。畢竟他的父母是在司法研修院相識、相戀到結婚，理所當然地希望他也能走上同樣的道路。

警大畢業後，他曾擔任過戰鬥警察隊[2]的小隊長，接著在調查支援組完成兩年培訓後，直接報考湧泉警署刑事科。刑事科的日常工作就是處理各種重大案件，而這種需要高度責任感的環境，正符合正賢的個性。

問題出現在正賢擔任湧泉警署重案組組長後。他積極推動與湧泉大學合作的犯罪預防計畫，卻從一開始就狀況不斷。雪上加霜的是，大學鄰近一帶竟發生重大刑案。

得知這個消息後，振宇立刻將勢賢的資訊交給正賢。六個月前轟動一時的硫酸攻擊事件，勢賢曾提供關鍵協助。而實際見到勢賢後，正賢才發現她比振宇描述得更厲害。不僅掌握現場的速度驚人，還能預想到突發變數，從不同角度挖掘證據。她對犯罪的敏銳度，遠超常人。

——所以調查時一定要跟緊她。那個人辦案能力真的很強，證據就像自己送上門一樣。不過，她人不怎麼親切，你最好主動搭話。

「知道了。不管怎樣，這案件本來就很複雜，我原本很擔心，現在總算放心一些了。」

——那就好。調查進展如何？

「屍體毀損嚴重，現在還無法下定論。」

——到底就多嚴重？

正賢走到離警車較遠的地方，壓低聲音對手機說：

「屍體被剖開後，又用線縫合了。」

——縫合？像做手術那樣？

「不，更像是……把線懸掛在上面一樣。」

——這又是哪招？是新類型的瘋子嗎？

「現場沒有任何證據。」

就在這時，正賢聽到有人喊自己，驚訝回頭，只見一名義警站在遠處，躊躇地看著他，他示意對方靠近。

「我先進去了，學長，暫時先別聲張，你懂吧？」

2　為了對付從北韓入侵的武裝游擊隊和反間諜作戰而設立的單位，戰鬥警察進行軍事訓練後以警察的形式執行勤務。

——這種事我能跟誰說？少擔心這些有的沒的，好好查案。你也知道，這類案件最重要的是跟團隊的配合，是吧？你年紀小，就該主動一點，別老是那麼拘謹，知道嗎？

聽著振宇的嘮叨，正賢瞇起眼，把手機從耳邊拿遠。打開車門時，一股陌生而清新的氣味撲面而來。他下意識望向勢賢消失的小巷，在這個陌生的城市，大白天的她究竟去了哪裡？她明明說過自己不是第一次來這裡。

勢賢在能看見警署的巷口讓計程車停下，以防萬一，她沒有再往前。湧泉警署前有條小溪，溪後是公寓區。她站在河邊，觀察對面的地形，目光掃過警署對面的商家。一家美容院的老闆正從店裡出來，拉出曬衣架晾毛巾。旁邊是間肉鋪，玻璃窗上貼滿了生肉圖片的貼紙，而美容院與肉鋪之間藏著一條不起眼的小巷。

勢賢緩步走進小巷。巷道狹窄，盛夏的溼氣凝結在石牆上，地面長出深綠苔蘚，斑駁地覆蓋著牆面裂縫。她驀地想起過去，小時候住的房子也是這樣破舊的圍牆，還有扇油漆剝落的藍色大門。但這些回憶並不值得留戀，她加快腳步，迅速穿過巷弄。

僅一人能勉強通行的巷道，車輛密密麻麻交錯停放，小巷盡頭連往另一條街道，街角有間澳洲烤肉餐館，通往二樓的樓梯被各種多肉植物裝飾得五彩繽紛，格外引人注目。勢賢站在餐館門口，看著門前張貼的菜單，撥通了那通顯示「未接來電」的號碼。

「喂？我到門口了。」

「同學！」

聲音從頭頂傳來，勢賢抬起頭，只見一名中年女子將瀏海全數往後梳，用大鯊魚夾固定住，朝她揮手示意上樓。勢賢踏上陡峭的階梯，步伐不太穩，正想扶住欄杆，卻發現上頭積滿鏽水，不禁皺眉，改用手背抵住牆壁，慢慢爬了上去。

「歡迎！你從警署那邊過來的嗎？挺會找的嘛。這條巷子太窄了，不容易發現，其實從大路繞過來會更方便，以後就走那邊吧。」

明明是第一次見面，女人卻表現得過於熱情。勢賢沒有回應，推開半掩的門走進去。女人見狀，聲音更高昂，語速也加快了。

「走到大路就有公車站，再往前一點河邊有步道，很多人都會去那裡散步。這裡比市區更清幽又方便。」

這屋子的房間數對獨居人士來說有點多，不過租金比套房便宜自然是有原因的。這條巷子無比偏僻，商圈早已沒落，到了巷尾幾乎看不到任何人。也許是勢賢的冷淡態度讓老闆感到著急，滔滔不絕地抱怨過去這裡可是一等一的黃金地段，十分熱鬧。

在走出大路之前，有一棟熄燈的八層建築物。這是湧泉非常有名的寺廟。當年，它將一樓改建成藝廊，成功吸引外地遊客，促進文化交流。然而，某天，寺內僧侶因《特殊經濟犯罪法》接連被捕，廟產也遭抵押。此後展開了漫長的法律攻防戰。案件懸而未決，一年兩年時間就這麼過去了。

不久前坊間傳出這棟建築被低價出售，也有傳言說某位有錢的地主出於虔誠的信仰，將它捐給了教會。無論如何，一旦崩塌的信任很難輕易恢復。

機警的商人們飛快地撤離村子，然而，這對夫妻只擁有一家烤肉店和蓋在上方岌岌可危的房子。在子女們搬出去生活後，他們用退休金重新裝修店面，並出租樓上的屋子。

勢賢拉開下擺已經泛黃的窗簾，陽光透入，揚起滿室塵埃。透過窗戶，一隻虎頭海鵰振翅飛翔，剛好與她的視線齊高。

「今天就能入住嗎？」

女人被這突如其來的問題嚇了一跳，來回打量她。縱使她知道衝動的決定往往伴隨著後悔，但她現在更需要一座能為即將到來的戰鬥準備的堅固堡壘。被一具不知名也不知長相的屍體左右行動，這種感覺依舊令人不快，可是，既然認出了手法，勢賢別無選擇。

事實上，從今天凌晨看見那具屍體開始，勢賢就一直在思考，該如何接受這一荒唐的狀況。死在自己手上的人竟然還活著，這消息本已讓她無法平靜，而當她進一步意識到對方又開始殺人時，一股窒息感襲來，彷彿有人將整塊麵包硬塞進她的喉嚨。

勢賢從口袋裡掏出公務員證，半露在外，靜靜注視。堅硬的塑膠外殼邊角已裂開，表面因長時間使用而沾滿指紋，略顯褪色。她盯著證件上微笑的自己露出一抹嘲諷的笑意。

勢賢患有反社會型人格障礙，無法對他人的情緒或痛苦產生共鳴。她的行事風格與其他法醫截然不同，早已超出常人的理解範疇。然而，勢賢對除了自己以外的活人毫無興趣，這使得她將亡者為伴的法醫工作視為天職。但是，要她一輩子困在瀰漫血腥味和腐臭的相驗室裡，最後在辦公桌前因過勞而死。這種人生，怎麼看都與她格格不入。

因此，從法醫生涯第一年開始，她就決心要成為與眾不同的法醫。案件一旦交到她手上，她就不會離開現場，直到解開謎團為止。證據越少，她熬夜的時間就越長；屍體腐敗得越嚴重，她待在相驗室的時間就越久。

當初申請加入首爾科學搜查研究所，就是因為這裡案件多。從第一年開始，她幾乎接下了所有的相驗案件，罵聲不斷也毫不在意，甚至被滿是屍體鮮血的手套狠甩巴掌，她依然不動搖地堅守相驗室，直到相驗完成。

就這樣工作了六年，勢賢終於得到認可。憑藉知名度，她偶爾會受邀參加時事犯罪節目採訪，也會在學校開設法醫學講座。到後來，無論她接手哪宗案件，新聞報導裡總會出現她的名字。「成功偵破五年前白骨案的徐勢賢法醫」、「曾偵破集體祕密埋屍案的法醫」。

若想坐上獨一無二的國科搜最高權力寶座就需要更聰明的布局。她接下更多的案件，把一半的功勞給上級。起初，所長還覺得有點不好意思，但仍漸漸地養成習慣，每遇到棘手案件時，他就會立刻打給勢賢。

有多少送來首爾的案件不是經過勢賢之手？國科搜早已成為她的地盤。今年秋天，她打算再破幾起棘手的案件，徹底證明自己的實力，拿到署長親自簽署的調任推薦書，前往總部。正因如此，這具屍體對她極為重要，是她辛苦堆砌的高塔上最完美的裝飾，可是，問題在於送禮者的身分。

勢賢伸向欄杆的手微微一頓，隨即縮回。她的右手小指比其他手指短了一截，而那截手指的形狀跟那男人幾乎一模一樣。這是殘酷的遺傳法則。

他的名字是胤調均。過去死在他手裡、被遺棄的屍體，恐怕全國至少還有六具。

勢賢輕輕地按壓眼角，回想起那一天。那是她生日兩天前的夜晚。那天如往常一樣，母親被毒打在地，鮮血不斷流淌。勢賢仔細地擦乾淨地板，因為假如這件事被別人發現，她的生日又會被當作什麼都沒發生一樣帶過。每當回憶起自己的人生是如何在那一刻徹底顛覆，勢賢總忍不住為那個決定感到驚嘆。

從那之後勢賢時常與他一同上路。每次出發前，她都得先在貨車車廂內鋪好塑膠布，確保與底部密切貼合，再準備一桶裝滿水的水桶。接著，她按照調均的指示，搖下副駕駛座的車窗，向路人問路，或主動提出順路載對方。回家的時候，貨車車廂內早已瀰漫著刺鼻的腥臭味，即使夜裡打開車門通風，那股濃稠的血腥味仍舊糾纏不散，盤旋在貨車四周，不曾散去。

即使到了現在，勢賢依舊清楚記得他所偏好的流程：刀刃必須垂直刺入，內臟只能徒手摘除，皮膚則應在視線可及的瞬間立刻剝離。調均是連環殺手，而勢賢則是負責處理屍體的連環殺手之女。

勢賢下意識將小指指甲送到唇邊，旁邊翹起的死皮刺痛手指，她用門牙撕扯下來。指尖裸露的傷口開始隱隱作痛。思考得越深入，腦海中浮現的錯誤不斷冒出。一旦調均的真實身分曝光於世，她的未來就只剩一條死路。

有誰會容許連環殺手的女兒拿起手術刀？勢賢過度負荷的大腦仍在高速運轉，不斷地計算所有可能的變數。絕不能讓調均活著落入警方手中，也絕不能讓他繼續製造混亂。

那個在酷暑中連續三天穿同一件T恤的年幼勢賢早已不復存在。她所追求的從不是豪宅或每個月穩定累積的存款，而是在聚餐場合上能像在自己家一樣，毫無拘束地坐著，不必向他人低聲下氣，即使說錯話反而會獲得對方道歉的生活。然而，只要她與調均的關係曝光，她這些年的努力都將化為泡影。

勢賢從未墜落過，因此也不懂如何著地。可是這一次，她將義無反顧地潛入深淵，直到親眼目睹調均斷氣。凡事一回生，二回熟。只是萬一調均的真實身分和她的過去都曝光了，她需要能讓她活下去的鰓。

彷彿聽見某處傳來調均那雙瞪大的眼珠滾動的聲音，她下意識地再次用牙齒狠狠撕咬發腫的指甲邊緣。她早已燒毀與過去的所有連結。從一開始就沒有出生登記，這讓她能輕鬆改名和自由選擇新的生日。她將這視為調均留給她的最後遺產，欣然地接納了這新的人生。

名字換了，住的地方變了，甚至連長相都不同了，就算是親生父親，又怎麼可能認得出來？想到這裡，勢賢漸漸充滿自信。

窗邊掛著一幅MG社區信用合作社的月曆，封面是盛開的櫻花。勢賢隨手撕掉幾張紙，翻到七月那一頁。七月竟已過了一半。勢賢打算去超市訂購幾天份的食物和水。在那之前，得先把燈打開。

7月18日

灰濛濛的天空彷彿隨時都會下起大雨。空氣潮溼悶熱，本該開冷氣降溫，但不知為何，冷氣從上週就故障了。整個重案組只能靠正賢從家裡搬來的一台電風扇，勉強撐過這個夏天。

屍體剛被發現，媒體就迅速跟進，短短兩天內湧泉警署的無能便成眾矢之的，幾十篇催促警方儘快鎖定嫌疑人的報導如潮水般湧來，網路留言數和點讚數也迅速飆升。重案組的老鳥昌鎮原本還說這股關注熱潮很快就會退燒，然而，事態卻反方向發展。當「屍體遭到毀損，且縫合使用的是一般家庭常見的縫線」的消息曝光後，「裁縫師」一詞赫然出現在各大新聞標題，案件再次被推上輿論的風口浪尖。

最大的問題是屍體上完全找不到任何證據。面對步步緊逼，要求立即召開新聞發布會的媒體，警方拿不出安撫他們的說詞。

其實第一次看到國科搜的鑑定報告時，正賢也像被狠狠打了一拳般愣住了，腦袋瞬間空白。報告最下方的勢賢簽名格外顯眼。很難接受在這具嚴重毀損的屍體上完全找不到任何DNA證據。不僅如此，連藥物反應、毒品和劇毒物質的檢測結果，也沒發現任何線索。

然而，屍體上既沒有任何遭鈍器擊打的傷痕，也沒有任何顯示死者曾遭突襲的痕跡。在完全沒有留下瘀傷的情況下，凶手究竟如何引誘受害者？正賢想這個問題想了一整天。

所幸，儘管案情混亂，受害者的身分比預期更快查出來了。死者為二十六歲的湧泉大學行政系休學生。警方從證物中的考試用書，推測死者應該正在準備警察公務員考試，並繼續朝這條線索展開調查。

不知是因為行政系的學生大多在準備公務員考試，還是因為她休學太久，系上沒人認識她，讓警方在調查她的日常行蹤時一度受阻。所幸最近與死者一起參加晨間讀書會的學生提供了線索，警方才得以掌握她的作息。

警方接著修復了被雨水浸壞的手機，找到死者唯一的家屬，也就是死者的叔叔，告知死訊。由於雙方平時鮮少聯絡，死者身分確認和後續手續皆迅速處理完畢。

據說廣域搜查隊仍在討論是否要成立專案小組，這類吸引輿論關注的案件話題性十足，可是倘若沒有破案的把握，立刻會變成避之惟恐不及的燙手山芋。正賢雖能理解這種現實考量，卻仍對於這種只執著於看到成果的組織感到失望。

正賢嘆了口氣，開車到死者的套房門口，卻瞥見勢賢正以彆扭的姿勢低頭綁鞋帶。於是他將車停在她面前。

「你來了？」

看見正賢下車，勢賢立刻直起腰，先打了招呼。然而，她嘴角那抹不自然的微笑，讓正賢一下子猜出她有多慌張。

「最近記者來了好幾次，套房房東說壓力很大，我們去之前得先通知，不然不會開門。」

勢賢嘴上說沒關係，緊鎖的眉頭卻不見鬆開跡象。她這次特地再次來到湧泉，就是想親自確認死者生前住處的情況，沒想到還沒正式開始調查，就和房東起了點口角，最後竟吃了閉門羹。無奈之餘，只好尷尬地向正賢求助。正賢本想著，法醫有必要這樣經常跑來現場嗎？不過轉念一想，既然屍體上沒驗出DNA，她想必也產生危機意識了吧。

正賢輸入事先向房東主人問到的門鎖密碼，門應聲而開。勢賢將頭髮俐落地綁到腦後，穿上鞋套、戴好手套後，大步走進房內。幾天前，國科搜隊還忙著收集死者的指紋和頭髮，但勢賢顯然不感興趣，連看都沒看，逕自拉開抽屜，仔細閱讀找到的日記本。

正賢站在旁邊，乾等得尷尬，便跟著勢賢翻找起架上的筆記本，隨意翻了幾頁，很快忍不住開口問：

「告訴我妳在找什麼資訊？這樣我也可以幫忙找。」

「我想確認死者是否有舊疾和身體特徵。不用管我，你找你自己想找的資訊就好了。」

話剛說完，勢賢便將架上的筆記本全數抽出，散亂地攤在桌上，按照自己的方式重新排列，開始閱讀。正賢站在遠處默默看著她的背影，那一瞬間，他竟有種錯覺，彷彿她是和他一同辦案的刑警。

勢賢沉默地看了幾十分鐘，走出了房間。正賢整理好被弄亂的現場，隨即匆忙跟上，先一步下樓的勢賢站在套房外，仔細觀察周圍的建築物。為了打破尷尬的氣氛，正賢主動開口：

「妳看新聞了嗎？」

「看了。鬧得滿城風雨。」

「警署的氣氛不是開玩笑的，我忙著到處報告。」

「媒體曝光後，調查應該能更順利，不是嗎？」

勢賢的語氣聽不出惡意卻莫名激起了正賢的戒心。

「媒體現在鬧得沸沸揚揚，難道不是變相刺激凶手，繼續製造新的受害者嗎？」

正賢努力壓低因情緒波動而不自覺變得尖銳的語氣。他本想再補充點什麼，但發現勢賢的視線雖然對著他卻微妙地飄忽，像看著某個不存在的地方。

「等凶手現身時抓住就好了。」

「妳是認真的嗎？哪有像說的這麼容易？」

原本是為了緩和尷尬的氣氛，然而，勢賢那過於輕率的回答，讓正賢的語氣越來越冷。這種交流方式，和他常碰到的刑警對話方式一模一樣。湧泉警署重案組幾乎清一色是土生土長的本地人，也許是因為不希望家鄉因刑案而聲名大噪，從案發當天凌晨到現在，他們始終消極應對。

原本還想再說什麼，然而，多說也只會變成抱怨團隊而已，他猶豫片刻後選擇閉嘴。勢賢像是等著這個機會似地立刻接話：

「調查監視器了嗎？」

「那個……我們查了一下，發現學校後門的紅綠燈附近還有一個監視器。另外，在巷口靠近套房區有輛停放的車，我們也取走了行車紀錄器的影像資料。整理這些影像需要更多的時間……而且我們目前還不確定目標車輛的車型，導致調查進度有些混亂。」

突然被問起這個問題，正賢措手不及，匆忙解釋完後，視線不由自主地移開。而勢賢則抱著手臂，若有所思地緊盯著套房入口。

「要不要先從大型車輛查起？」

「什麼？」

後方響起刺耳的喇叭聲，嚇得正賢連忙往旁閃避，結果因為動作過急，膝蓋直接撞上警車的後保險桿。他忍不住低聲抱怨卻又迅速察覺到勢賢的目光，悻悻然閉上嘴。不知道什麼時候走過去的，勢賢已經站在套房門口，盯著郵箱。

「屍體上沒有被強行改變姿勢的痕跡，看起來就像殺害後直接放上擔架，整具運走一樣。」

正賢拿出口袋裡隨身攜帶的小冊子，翻閱自己之前看監視器記下的內容。

「關於剛才說到的車輛，學校最常出入的，都是類似Starex[3]這種廂型車。」

勢賢沉默片刻，無緣無故地打開又關上死者住處的空郵箱。公寓牆邊垂下的樹枝隨風搖曳，無聲地劃破兩人之間的靜謐。

3　現代汽車的九人座商旅車車款名。

「那麼除了廂型車，連快遞車輛也一起查怎麼樣？」

「快遞車輛？啊！妳指廂式貨車嗎？」

「對，後面能載貨的那種，那種車進出學校不會引人懷疑，也有足夠的空間存放屍體。」

正賢從另一側口袋裡拿出筆將勢賢的話完整記錄下來。勢賢說完後像是沒有什麼可做的，微微點點頭，直接從正賢身旁走過。然而，就像上次一樣，正賢再次急忙叫住了她。

「我送妳吧。」

「我要走回去。」

「走回首爾？」

正賢還有點在意剛剛的爭論，特意誇張地提高聲調，想緩和氣氛。

「湧泉是我老家。」

從勢賢冷淡的眼神，正賢瞬間後悔自己的誇張反應，但好在話題得以自然地繼續下去。

「啊，這樣啊……那我送妳到附近吧。」

「不用了。」

勢賢一如既往地堅決拒絕了他的建議，然而，這次正賢不打算輕易讓她走。

「妳每天從湧泉通勤嗎？」

「算是吧。」

「應該很累吧。」

「有接駁車，還好。」

正賢跟在勢賢身後，試著找話題，卻發現只是不斷重複無意義的內容。他明知道沒什麼好說的卻莫名不想放棄。

從案件曝光至今，正賢在警署內幾乎沒有真正發過聲，每當想與重案組討論案情，大家不是擺手拒絕就是互相推卸，更別提局長既不願補充人手，還強硬命令大家在廣搜隊到來前不得輕舉妄動，讓正賢獨自面對堆積如山的問題，無處求援。

勢賢用眼神示意正賢，要是沒話可說就快走，然後毫不猶豫地離開。正賢看著她的背影，猶豫片刻還是開了口：

「妳還記得我之前說過的嗎？凶手應該不是第一次犯案。」

方才還顯得恍惚的勢賢，眼神中閃過微微光芒。

「我想研究一下過去湧泉市發生的懸案。」

「湧泉市的懸案？」

看到勢賢重新轉身，正賢竟感到一絲莫名的安心。同時，腦海中警鈴大作，不斷提醒著他。他與勢賢不過見了兩面。他不斷在心中提醒自己這個事實，不過那道專注凝視著他的視線，讓他無法輕易忽視。也許是因為難得遇到一個真正願意聽自己說話的人，正賢不自覺加重語氣，接著說了下去。

「從凶手殘忍的屍體破壞手法來看，很可能是因為長期壓抑的犯罪衝動，在這次的案件中爆發。所以，我們會調查湧泉市內曾因類似犯罪被逮捕或因犯罪未遂服刑過的人，也不排除有共犯的可能性。」

話剛說完，正賢這才發現勢賢站到了離自己僅一步之遙的距離。他努力讓自己鎮定卻抑制不住臉上竄起的熱意。

「如有需要，我可以幫忙查資料。」

突如其來的提議讓正賢瞪大了眼睛。

「真的嗎？」

「明天我回國科搜，看看有沒有相關的鑑定報告。」

「啊……真是太感謝了，非常謝謝。」

「你就先從車輛調查開始吧。兩邊一起進行，應該很快就能有突破。」

勢賢那句平淡的「一起」沉甸甸地落在正賢的心底，他意識到自己已在湧泉孤軍奮鬥太久。兩人一組是辦案的基本原則，然而，自從接手這宗案件以來，無論是調查、埋伏還是現場勘察，他都是自己承擔。勢賢說完便準備離開，卻在走出後又停下，伸手輕拍仍愣在原地的正賢肩膀說道：

「下次見。」

勢賢與正賢的目光交會，她輕輕一笑繼續前行。望著她的背影，正賢原本僵硬的嘴角不自覺微微上揚。勢賢的笑容意外地適合她。意識到自己不自覺地露出笑意，正賢輕輕拍了臉頰，克制情緒，上了警車。

7月19日

勢賢在廢紙的背後整理了這段時間的調查筆記。屍體早已多次解剖，但她仍不死心，想再確認是否有遺漏的碎紋[4]，再次投入檢查，幾乎翻遍了每一吋可能遺漏的地方，還是一無所獲。她還向負責基因分析的梁科長反覆確認，是否有性犯罪的跡象，然而，結果都一樣。

不能就這樣坐以待斃，她下班後直接趕往湧泉，重新走訪案發現場，也去了死者生前就讀的大學四處打探。然而，沒有警察的身分，能獲得的資訊有限。原以為問題不大，在死者的租屋處卻無端被陌生人劈頭痛罵。

一片混亂中，勢賢腦中閃過一個畫面：那天在會客室裡呆站著、眨著眼睛茫然的正賢。一早就獨自來國科搜申請相驗的年輕警衛。刑警通常是兩人一組行動，但他卻總是形單影隻，光看他嚴肅的表情大致能猜到箇中緣由。

轟動的地方案件、熱血的年輕指揮官，這樣的組合是不被保守的警察組織接納的。毫無疑問，昨天那個沉默寡言的正賢早已被湧泉警署孤立了。

自己和正賢的相遇或許是命運的安排。他年輕，甚至可以說是稚嫩，經驗不足卻過於堅持原則。為了彌補自己的不足之處，投入無謂的努力。湧泉警署裡充斥那些只在乎退休後能否得到勳章混日子的人。而她竟然在這種地方遇見正賢。這場戰役，勝利的天秤彷彿開始向她傾斜了。

4 不完整的指紋。

不出所料，當勢賢提出想查看死者住處時，正賢二話不說地趕來，親自替她開門。勢賢仔細翻閱死者生前留下的紀錄，試圖找出死者與調均之間的關聯，可惜什麼都沒發現。

可能是中午隨便打發的關係，晚餐時間還沒到，她已經餓了。自從開始和她八竿子打不著的長途通勤生活後，她的日常變成了熬夜工作到凌晨，回家後失眠，天一亮又出門。勢賢從抽屜裡翻出一根能量棒，隨手拆開咬了一口，邊登入案件查詢系統，打算調閱正賢昨天提到的湧泉懸案。

勢賢努力回想，從一九九五年起，每五年為單位，快速滑動滑鼠滾輪，飛快瀏覽案件紀錄。正忙碌翻查的指尖猛然一頓。一九九九年七月，當時尚未併入湧泉市的下龍郡，一具被肢解的無名屍陳屍在通往湧泉的國道路肩。勢賢迅速調整查詢條件，將範圍設為二〇〇〇年後，每五年為單位，再次點擊檢索。正如她所預想，二〇〇二年在同一條國道上，再次發現一具被肢解的屍體。

翻閱著整理得井然有序的案件紀錄，勢賢本以為遺忘的記憶一點一點浮現。雖然不是什麼愉快的回憶，然而，總比毫無防備地被動挨打來得好。她調整坐姿，將當年的鑑定報告放大至全螢幕。由於當時發現的屍塊有限，因此這兩起案件最終只能確認肢解發生於死後，然後因線索不足被歸為懸案。整個湧泉市的懸案竟然只有這兩件。

勢賢再次篩選案件，想確認湧泉市是否還有其他分屍案，可是沒有發現任何有價值的線索。於是她將搜尋範圍擴大至湧泉市周邊城市，系統卻跳出超出權限的通知。因為這些區域並非首爾科學搜查研究所的管轄範圍。勢賢煩躁地甩開滑鼠。

單憑湧泉市內過去的懸案不足以確定調均就是凶手，不過至少勢賢的真實身分暫時還不會暴露。想到過去那個拚命抹去痕跡的自己，她不禁感到一絲苦澀，無論如何，這結果對她而言是值得慶幸的。

雖已找到兩起案件，可是現在還不能掉以輕心，其他地區或許還有調均犯下的命案紀錄。然而，當年挑選地點的是調均，只憑勢賢零碎的記憶，根本無法準確推測出其他犯案地點。她的思緒一下子飄向一九九〇年代初期，曾轟動全國的連環殺人案。按理說，當時社會對這類案件應該格外敏感，但為何當時發現屍體時，調均的案件卻能平靜落幕？

就在這時，擱在桌上的手機響起。勢賢起身查看來電。是陌生號碼。她先側耳聆聽走廊外的動靜，將耳朵貼近門縫，然而，門外除了蟬鳴，什麼都沒有。她維持著這個姿勢，不動聲色地按下接聽鍵，將手機貼向耳邊。

——徐科長，妳好，我是鄭正賢。

聽到正賢的聲音，勢賢才回到座位，然而，她的視線依舊牢牢盯著房門，警惕著外面的動靜。

——關於案件，我有事想說才打的。

另一頭的聲音大了起來，勢賢立即調低手機音量。她一度覺得自己是否過於敏感，轉念一想，在國科搜內部交換資訊時謹慎些不會有壞處。

「請說。」

——妳調查過去的案件了嗎？

「還沒。上午在相驗。」

——啊，妳很忙吧。我從昨晚開始就在查資料。對了，妳知道湧泉市發生過未破的分屍案嗎？

「分屍案？」

勢賢刻意放慢語速，盡可能裝得驚訝，緩緩地吐出這幾個字。

——一九九九年和二〇〇二年，湧泉發現類似手法的屍體。這兩起案件最後都成了懸案，而凶手的處理手法幾乎一模一樣。

勢賢坐在椅子邊緣，腿微微顫抖著。當昨晚正賢說要調查過去案件時，她就已經預見了這個局面，只是沒想到事情敗露得比預期還快，讓她有點煩躁。也許是因為最近發現的無名屍完全找不到關鍵證據，正賢才會如此執著於過去的案件。

正賢提到的分屍案確實是調均的手法。問題不只是這兩起，還有幾起案件尚未被發現。真正麻煩的是，如果正賢在這次的命案中發現調均的痕跡，就是危機的開始。她必須盡快提供其他證據，轉移他的注意力。

——湧泉市的懸案就這兩起，所以我打算將調查範圍擴大到京畿道一帶。

「說不定能挖出更多的懸案呢。不過你是不是太拚了。記得吃飯。」

——我正好要去超商。

「啊，超商。上次看學校附近有不少超商，你在查行車紀錄器時，最好順便確認一下送貨員的身分。」

勢賢順勢將話題拉回當前的命案，轉移正賢的注意力。

——原來還可以這樣子查。剛好我今天在查校內時，發現這裡不只有超商，還有餐廳和咖啡廳。進出補貨的車輛比預期得多。而且正門和後門正好成一直線，很多人會直接穿越校區前往對面馬路。

「這麼多地方要查，光靠重案組好像不夠，上面沒有說要增援嗎？」

——我短期內不抱期待。不過，徐科長妳提供的資訊真的幫了大忙，比起之前毫無頭緒地亂找，現在有了很大的進展，真的非常謝謝妳。

勢賢維持著溫和的語氣，想從正賢的調查進度中套出有用的資訊。然隨著正賢愉快地結束通話，她依然毫無斬獲。勢賢煩躁地將手機隨手塞進口袋，嘆了口氣。視線再次固定在螢幕上，不斷滑動頁面，然而，第一次見到屍體的那股不快感瞬間湧上來。她忍不住這股壓迫感，抓起包包直接走了出去。

勢賢站在橋的另一頭，望著警署的方向。早上還好好的輪框不知怎麼歪了，她只好先繞去修車行，也因為這樣錯過了接駁車，耽擱不少時間。好不容易買到下一班車的票，偏偏又遇上下班尖峰時段，天還亮著時出發，抵達湧泉時，已經過了晚餐時間。此外，正賢那邊從早到晚都沒聯絡，看來事情沒有新進展。

勢賢本想調閱與調均有關的過去調查紀錄，卻受限於自己的法醫身分。法醫，終究不是警察。法醫的職責僅止於當出現屍體時，篩選出可能是證據的資訊交給警方。僅此而已。她沒資格獨自前往案發現場，不能任意接觸目擊者，就連想查一查過往案件紀錄都難如登天。

過去她覺得把全副精力放在相驗工作上既乾脆又俐落，是很好的一件事。但現在這層法醫身分成了她前進路上的減速丘。勢賢撥開被潮溼晚風吹亂的瀏海，陷入沉思。調均究竟是怎麼活下來的？殺戮對他而言，宛如本能般如影隨形，所以，她不在意他殺人的原因，只在意「他」這個人。他的生死對她無比重要。

勢賢肯定自己那天親手殺了調均。她努力回想當時的細節，卻怎麼也無法將記憶拼湊完整，反倒頭痛欲裂。勢賢撥開凌亂的瀏海，強迫自己重新整理思緒。至少她在死者的住處找到了一張志工證明，代表死者曾在湧泉警署當志工。也許警方這幾天不斷擴大湧泉大學附近搜索網卻一無所獲，是因為調均根本不是在校園周圍，而是在警署周圍挑選目標。

這雖只是從一個小線索延伸出的推測，但勢賢再也無法坐視不理。一抵達湧泉，她便開始搜尋警署周邊的監視器死角，仔細翻遍每條小巷。根據相驗結果，第一具屍體被發現時，死亡時間已超過八天。也就是說，案發至今已經過了整整十天。

此刻，調均應該正在死者曾經出沒過的地方徘徊，沉溺在當初發現獵物時的喜悅中。這種行為能暫時撫平他的殺人欲望，同時也會讓那股欲望高漲。因此，他絕不可能省略這個步驟。

在警署附近徘徊了好幾個小時後，雨滴一顆顆落下，勢賢只好暫時放棄搜索。入夜後，昏黃路燈下的巷弄陰影加深，顯得比平時狹窄。經過一扇藍色大門時，她注意到地上堆滿空燒酒瓶，濃烈的酒氣撲鼻而來，她不由得微微皺眉。她的視線鎖定在前方微弱的燈光上，加快了腳步，眼看就要走出巷子，一股異樣的氣味猝不及防地竄入鼻腔。

那股氣味，對大多數人來說或許陌生至極，可是對勢賢來說，這不僅是一種氣味，而是深深烙印在她記憶深處。她肯定那不是流浪貓的屍臭味。

迅速地掃視四周。電線桿底下雜亂地堆著一堆紙箱，其中一個她記得是自己昨天丟的。她停下腳步，小心地用鞋尖推開紙箱。偏偏在這種天氣裡，她的運動鞋送洗，只能穿這雙大一號的運動鞋，鞋子過於鬆垮，差點滑落。她挪開最上面那個最大的紙箱，一條人腿赫然露出。

勢賢奮力沿著剛剛走來的巷弄狂奔。心臟跳動得異常劇烈，幾乎讓她喘不過氣。她衝到巷口，急忙張望尋找監視器，豈料巷子裡沒有半個。這條巷子一看就是治安死角，居然沒裝監視器？她頓時火冒三丈。

勢賢穿過小巷，沿著與烤肉店相連的道路緩步前行，仔細觀察周圍環境。在市府打造的觀景涼亭前，停著一輛灰色舊款Avante[5]房車。她上前確認車上是否裝有行車紀錄器，接著記下駕駛座車窗上貼著的聯絡電話。

勢賢又一次加快腳步，走向發現屍體的地方。她記得包裡有備用的乳膠手套，邊走邊翻，果然在包底翻出了一雙皺巴巴的手套。她拿出平時用來消毒耳機的酒精棉片，細心地擦拭手套。越靠近紙箱，屍體殘留的血腥味越發濃烈，撲鼻而來。

勢賢一一移開壓在屍體上的紙箱，打開了手機的手電筒。最先映入眼簾的，是與上次發現的屍體腐敗程度相差無幾的臉部。她伸手摸了摸覆蓋在屍身部分的塑膠布。這次凶手用的是厚重的不透明雨衣。她嘗試用單手解開緊扣的雨衣鈕扣。

就在手指幾乎要抽筋的那一刻，勢賢總算解開了鈕扣，掀開雨衣。這次出現在她眼前的，是從頸部下方一路延伸至肚臍下方的一字形切口。勢賢靠近，仔細觀察切口邊緣。不同於上次，這具屍體沒有縫合的痕跡，不過她注意到上面殘留微微撕裂的痕跡，也許凶手嘗試縫合表皮過。

勢賢拿出手機，剛輸入號碼又停下了動作。她猶豫了。冷卻期太短了。她所認識的調均行事拖沓，絕不可能在短短一個月內連續犯案兩次。時間越久，她開始懷疑是否是她腦海中的感覺騙了她。

一旁的紙箱猝然倒塌，發出巨響，嚇得勢賢猛然一顫，驚慌地跌坐在地。她的手掌猛地撐在地面，一股刺痛瞬間襲來。這具屍體上，她找不到任何能證明凶手不是調均的線索。她用力甩頭想甩開混亂的思緒，然後迅速按下手機上的號碼鍵。

——這裡是一一二緊急報案中心。

勢賢的嘴唇微張卻怎麼也說不出話。她的手不受控制地顫抖。

——喂？

聽到電話那頭傳來的聲音，勢賢打起精神，一字一句地開口：

「……我發現了一具屍體。」

——屍體嗎？在哪裡？請稍等……請繼續說。

「就在警署後方，過橋後的巷子裡。往延禧大廈方向走上來就能看到。」

——請問報案人您的姓名是？

勢賢不耐煩地揮手驅趕身邊的蚊蟲。

——報案人！請告訴我您的姓名！不要掛電話，請說出您的姓名……

「我會在這裡等，請快點派人過來。」

——喂？報案人！

勢賢掛斷電話，環顧周遭。手機震動了幾下，又恢復了安靜。儘管才剛過九點，但附近的店家都已經打烊，彷彿城市的燈光逐漸被扼殺。

5　現代汽車車款名。

雨勢逐漸變大，直到此刻，勢賢才意識到自己住的地方竟是個絕佳的藏屍地點。她注視著被雨衣包裹的屍體，不自覺地發出輕笑。事情變得棘手了。但是，她絕不會讓警方輕易地抓到調均。這一次如果又與他相遇，她一定會親手讓他咽下最後一口氣。

「又發現屍體了？」

「是的，剛才有人報案。」

「地點呢？」

「就在警署後方，過橋後的巷子裡。」

正賢一個箭步跳上錫宇開來的廂型車。他本想回家後坐在椅子上休息一下卻不知不覺地睡著了。不知道是不是睡夢中扯了頭髮，原本就濃密的髮絲此刻亂成一團。從傍晚開始，雨就下個沒完沒了，空氣中溼度不斷升高。明明開了空調，可能是因為緊張，手掌不停地出汗。

「該死，怎麼又在警署附近？」

錫宇的咒罵聲讓車內瞬間安靜下來。車剛停穩，車門就被用力打開，眾人迅速下車。雨水傾瀉而下，幾乎所有人同時撐起了傘。昏暗的窄巷裡，警燈閃爍不停，讓人眼花撩亂。

「發什麼呆？」

赫根推了正賢的背，還愣在原地的正賢猛然回神，立刻走向封鎖線內。他戴上錫宇遞來的手套，跨入那條鮮黃色的封鎖線。先一步抵達的科搜隊正忙著拍現場照片。縱使地面已經鋪了塑膠布，然而，屍體所在的地方地勢傾斜，早已積出水窪。

「雨太大了，快點確認狀況，這樣我們才能盡早轉移屍體。」

正賢強迫自己集中精神，不被閃爍的警燈影響。封鎖線外的人影晃動不定，難以分辨哪些是圍觀的居民，哪些是來回走動的警察。再加上圍觀人群的驚呼聲、屍體旁此起彼落的低聲喘息與尖叫，讓現場更加混亂。正賢當即示意錫宇，驅離圍在屍體附近的閒雜人等。

「報案人在哪裡？」

正賢四下尋找，下一秒對上了一張熟悉的臉。

「妳怎麼在這裡……」

「是我報的案。」

「徐科長妳？」

驚訝之餘，正賢竟莫名安心。

「屍體確認完了，趕快移走吧。」

勢賢炯炯有神地直視著他，還在恍惚的正賢瞬間回神。

「知道了。」

聽到正賢的回應，勢賢微微點頭，撥開人群，再次走向屍體。正賢的目光一直跟著她的背影，直到她完全消失在人群中。錫宇的呼喚將他拉回現實，他快步走去。

勢賢坐在正賢準備的椅子上，無意識地啃指甲。這是她焦慮時的老毛病。時鐘的秒針走動聲格外刺耳。從發現屍體的那一刻起，她就恨不得立刻進行相驗。

這時重案組的辦公室的門被用力打開，一名年長的男人大步走了進來。緊跟在他身後的是一臉為難的正賢。

「到底怎麼回事？」

原本各自坐在自己位子上的刑警見到那男人，全都錯愕地站起。

「就像我報告的，我們接獲發現屍體的報案後馬上趕往現場，然後……」

「我有問你嗎？昌鎮，你來說。同一個凶手？這是什麼意思？」

男人對冷靜回答的正賢怒吼一聲，點名面前的刑警。

「根據現場調查，這具屍體和兩天前那起案件的棄屍手法極為相似。」

儘管察覺到對方的不滿，正賢還是堅持把話說完。

「光憑棄屍手法相似，就能這麼快下定論？」

男人的聲音越來越大，勢賢聽不下去，站起身，火氣瞬間燒到她身上。

「妳是誰？記者？誰帶妳進來的？」

「啊，這位是……」

「是同一個凶手所為，沒錯。」

男人瞪著勢賢，用一種荒謬無比的神情看著她。勢賢卻暗自羨慕那男人能毫無顧忌地亂發脾氣。他大概是個有權勢的人，才能在棄屍案攪亂整間警署的氣氛時，依舊肆無忌憚地宣洩不滿。

「我問妳是誰！」

「我是首爾科學搜查研究所的法醫。第一具屍體是我負責解剖的。」

「所以呢？妳以為這裡是妳能隨便進出的地方？」

「我只是因為證詞還沒寫完才走不了的。」

男人顯然沒料到勢賢會這麼回答，一時間錯愕不已。

「我是第一個發現第二具屍體的人，剛好……案發現場就在我家附近。」

「同一凶手所為，這句話妳能負責嗎？」

男人露骨地打量勢賢，讓正賢擔心他會試圖把她塑造成嫌疑人，立刻出聲解釋：

「要相驗後才能確定。」

「也可能是模仿犯。」

昌鎮突然插話道。

「沒錯，不能排除模仿犯的可能性。反正媒體每天大肆報導，現在還有誰不知道這起案件的作案手法？」

勢賢懶得多費唇舌，也懶得捲入這場爭論。這時，遠處走廊傳來急促的腳步聲，辦公室的門一下子開了。一名看起來約莫四十多歲的警察氣喘吁吁地站在門口，手中握著一張A4紙。就是剛剛在案發現場與他交談過的那位警察。

勢賢的視線落在那張白紙上，毫無疑問，那是相驗許可同意書。剛進門的警察一見到那名年長男人，明顯變得侷促不安，低下了頭。在他把事情搞砸之前，勢賢必須先發制人。

「光靠肉眼觀察確實無法下定論，但這兩起案件的相似度極高，優先考慮同一凶手，不是更合理嗎？更何況，第一具屍體才剛被發現不到三天，這麼短的時間內就能被模仿？這點我持保留態度。反正等我解剖完，自然就知道答案了。」

察覺到正賢的視線，勢賢回頭看向他。兩人視線短暫交會，正賢的嘴角微微地抽動一下，隨即向那名年長男人低頭致意。男人滿臉懷疑地盯著正賢的後腦勺，正賢一抬頭就迅速地從警察手裡抽走相驗許可同意書，遞給勢賢。

「走吧。」

勢賢糊里糊塗地接過同意書，跟著走出辦公室。門關上的瞬間，裡面隱隱傳出咆哮聲。走到電梯前，正賢比了個手勢，示意改走樓梯。她本想拒絕，但正賢人已經消失無蹤。無奈之餘，勢賢只能跟上去。走沒幾階，前方的正賢猛然停步，害她差點一頭撞上。勢賢深吸一口氣，沒好氣地瞪著他的後腦勺。

「幹嘛？不走嗎？」

「科長，是妳要金刑警申請相驗令狀嗎？」

正賢語氣和平時無異，不過他沒有回頭，顯然是問清楚勢賢的獨斷行為。

「夏天做相驗，越快越好。要不是我插手，你一定還被剛剛那個人拖住，浪費更多時間……」

「如果讓妳聽了不高興，我很抱歉。但我希望妳以後不要再一個人下決定，申請相驗許可同意書是刑事科的工作，科長妳的職責是相驗。負責辦案的是我們。我身為重案組組長，有資格說這些話，妳也有義務配合。」

勢賢沒想到正賢會指責她，心裡頓時不是滋味。她好心導正將險些走偏的調查方向，卻反被罵多管閒事？正賢說完後依然背對著她站著。照她平時的脾氣，早就往他後腦勺打下去，然而，現在再怎麼不爽，她都只能忍耐。因為這次行動少不了正賢。

「我只是想幫忙破案卻越線了。以後我會注意的。」

勢賢盡可能讓語氣聽起來沮喪，沒想到正賢突然與她對視。那一瞬間，她的心臟猛然一沉，不由自主地僵住，又急忙擠出笑容。微笑向來能幫她克服危機。

「謝謝妳的諒解。」

正賢露出安心的表情，道謝後跟上了勢賢的步伐。勢賢用餘光掃他一眼，還是想不通他方才在樓梯間情緒大轉彎的原因。兩人不知不覺走到警署正門口。大概是新聞記者發現了新鮮的話題，吵得正起勁，正門口異常吵雜，這種情況下，想直接從正門離開恐怕沒那麼簡單。

兩人一路回到平地，正賢推開通往後門的地下餐廳大門，示意勢賢跟上。勢賢盯著正賢的背影，原以為他只是個菜鳥警察，沒想到竟有雙能看透人心的眼睛。她一直以為自己走的是捷徑，沒想到只要走錯一步就可能墜入萬丈深淵。勢賢將手伸進口袋，反覆搓弄著那張同意書。

正賢靠在椅背上，盯著牆壁發呆，牆的另一頭傳來人們忙碌的聲響。思緒漸漸飄遠。他後悔在警署對勢賢的態度，太沒禮貌了，可是話都說出口了，覆水難收，眼下也不是他低頭的時候。

出現了第二具屍體，如今警方唯一該做的就是盡快破案。而要做到這一點，組長的角色比任何時候都重要。不管上層怎麼施壓，不論組員是否信不過他，他都得扛住，哪怕是微不足道的線索也得拚命挖出來。

然而此刻，他只是一無所獲地坐在會客室，喝著涼掉的即溶咖啡潤喉，記憶回到了第一起案件發生的那天。那天凌晨，他接到報案，立即趕往現場。途中，他曾瞥見某個熟悉的後腦勺與眼熟的步伐……那莫名熟悉的違和感，讓他急忙煞車，四處張望卻什麼也沒發現。直到現在，那段記憶襲來，正賢的心臟猛地一縮，覺得恐懼。他對自己此刻以刑警的身分坐在這裡查案感到羞愧。

第一名死者是準備警察特考的學生。她的包裡有一本親手抄的法規摘要筆記。筆記封面貼著一張精心印製的標語：未來的警官，祖國正在等待你。如今那位祖國期待的未來之星，已成了一具冰冷的屍體，回到了國家的懷抱。

正賢將臉埋進雙膝間，用力抓亂頭髮。他分不清自己到底是想回憶，還是想遺忘。會客室的門被推開，他猛然起身，迅速看了眼時間。已經過去了一小時三十五分。勢賢半張臉被口罩遮住，神色比先前還要疲憊。

「結果怎樣？」

「發現指紋了。」

終於。正賢緊握拳頭，長舒了一口氣，可是勢賢的表情卻更加冷峻。

「有什麼問題嗎？」

「有指紋，但沒有主人。」

「什麼？什麼意思……」

「找不到符合這組指紋的嫌疑人。」

「妳確認過了？」

「你的意思是，我可能出錯？」

世賢一把扯下口罩，布滿血絲的雙眼像是雜亂叢生的荊棘。

「不……我的意思是，真的有可能發生這種事嗎？」

「我會重新檢測一次。不過，結果不會變。」

勢賢說完，手機響了。她拿起手機，準備走出去接聽，正賢匆忙地抓住她的衣角。勢賢毫不猶豫地甩開他的手。

「你在做什麼？」

她的眼神裡流露出他從未見過的情緒。

「對不起，但請先告訴我相驗結果。」

「我接完電話就會回來。」

勢賢語氣中的不耐煩讓正賢不自覺地瑟縮，彷彿犯了大錯一般，可是他沒有退讓。現在對他來說最重要的是聽到相驗結果。

「妳現在還在工作中，如果不是緊急來電，我希望妳先把這件事說清楚再接。」

勢賢的目光讓正賢感到一陣壓力，他最終還是別開視線，不過他的手依然抓著她的衣角。勢賢沒說什麼，瀟灑掛掉電話，返回座位。正賢觀察著她的反應，悄悄地跟上，坐回椅子。筆尖在紙上劃過的聲音洩漏出她此刻的不悅。

勢賢究竟是天生冷淡還是受職業影響，已經難以分辨。但她是名出色的法醫，這一點無庸置疑。解剖速度快，現場觀察力敏銳，最重要的是，她擅於挖掘關鍵證據。這麼棘手的案件能交到勢賢手裡，實應慶幸。只是她事事獨斷的作風讓人遺憾。

勢賢緊閉雙唇，埋頭筆記，完全當正賢不存在。好奇心所使，正賢忍不住悄悄湊過去，想偷瞄她在寫什麼。沒想到勢賢抬起頭，直接撞上他的下巴。

正賢捂住下巴忍痛，嘴裡泛起淡淡血腥味。大概咬到舌頭了。他看向勢賢，原以為她會發飆，然而，她只是眼神帶怒，低聲抱怨了幾句，又埋頭繼續寫。忍不住的正賢主動開口：

「對不起。」

「沒關係。」

剛才還滿臉不悅的勢賢，此刻語氣卻平靜毫無起伏。她不耐煩地挑了下眉，再次低頭。

「不是那樣的。我是因為還沒抓到凶手。」

勢賢輕哼一聲，像是覺得荒謬至極。

「你跟我說這些幹嘛？」

「我本就不該讓死者有需要被道歉的機會。剛剛那句話的意思是，我很抱歉讓妳加班。」

勢賢若無其事地繼續寫。她的字跡潦草難辨，但從筆尖逐漸移向紙張末端，看得出她快寫完了。

「從你接下這起案件開始，我們的責任就綁在一起了。所以在破案之前，別再跟我道歉。」

勢賢說得輕描淡寫，反倒讓正賢的心情一下子變得平靜。他的目光落在勢賢還沾著血跡的袖口，心中湧起難以言喻的衝動。那天在案發現場見到勢賢所感受到的踏實，果然不是錯覺。

「科長，妳為什麼會選擇當法醫？」

勢賢的表情就像在問：這是什麼莫名其妙的問題？

「公務員薪水有多少你又不是不知道？除了使命感，還會有別的理由嗎？破案的時候，確實會有點快感，而且這工作多少也算是對社會有所幫助，就一直做下去了。」

勢賢的回答讓正賢若有所思，別開視線想整理洶湧的情緒。但勢賢哪會輕易錯過這個細微的變化，她立刻反問：

「那你呢？別跟我說你是因為使命感才上警大的。我想聽點不一樣的答案。」

「因為學費全免。」

正賢乾笑兩聲，含糊帶過，然而，他始終敵不過勢賢咄咄逼人的目光，長嘆口氣：

「小時候我常想，等我長大要抓住所有壞人。當時覺得只要當上警察，就一定能做到。然而，沒那麼簡單。」

「你才剛進公職沒多久，野心可真大。」

正賢本想再多說點什麼，最後只是輕描淡寫地聳肩。勢賢沒追問，低下頭繼續寫。正賢凝視著她的後腦勺。國科搜裡瀰漫著濃重血腥味，讓他腦海浮現出某個畫面——裂開的水泥地上散落的一縷縷黑髮。他想親手推開直覺所指向的那扇門。

「之前提到的那起分屍案。」

疾速書寫的筆尖驟然停住。

「怎麼了？有新的發現？」

「我想到一件事，也許……像這樣的案件，不只這一起。」

勢賢乾脆地畫下句號，將筆記遞給正賢。因為動作太快，筆尖在桌面上劃出一道長長的痕跡，但她不在意，順手抽出另一張紙。

「什麼時候的事？」

「以前上學的時候，有一堂課要求調查韓國的懸案。當時我們組挑了京畿道的懸案。因為華城案[6]太有名了，我們排除掉它，想選一個大家比較不熟悉的。後來發現一起一九九九年九月左右發生在始興市的分屍案，就用那個做了報告。當時我們還討論，案件中出現太多次『九』，讓人毛骨悚然。」

「一九九九年九月？是哪起案件？」

「妳聽過『藍桶案』嗎？我現在想不起正式的名稱，總之，當時在一個圓桶內發現被肢解的屍塊。」

「這起案件現在還沒破？」

6　始於一九八六年至一九九一年，京畿道華城郡附近有十名夜歸女性受害。曾為韓國三大懸案之一，直到二〇一九年破案。

「是的。死者的身分倒是已經確認了。雖然沒找齊所有的身體部位……但……找到了頭……」

每次談到與屍體有關的話題，心情總是格外沉重，話到一半便難以繼續。

「有件事我很好奇，這起案件為什麼沒成為社會焦點？」

「一九九〇年代初期，華城連環殺人案動員將近兩百萬人力，始終沒能破案。即便那起跟這起的作案手法不同，然而，由於地點相近，警方一度懷疑是同一人所為，選擇低調處理。再加上案發地點人煙稀少，沒有目擊者。後來沒再發生類似案件，警方無計可施，乾脆趁還沒熱度，快速結案，以免引起外界過多關注。」

「當時的辦案壓力比現在更大，那麼處理其實可以理解。不過，一九九九年的案件和這次命案離得太久，我們最好先查清楚這中間還有沒有其他類似的懸案。這部分我負責，你先專心調查今天的案件。」

勢賢拿回遞給正賢的紙，逐條解釋內容。

「首先要確認，這次案件和兩天前那起，是不是同一個凶手所為。雖然案發時間不同，但從屍體傷口來看，兩案都有明顯使用手術刀的痕跡。這次的屍體雖然沒有發現縫線，可是傷口有嘗試縫合的跡象。等我整理好鑑定報告，會第一時間發給你。還算幸運的是，案發現場那條巷子裡不少違停車輛，這次調閱行車紀錄器的難度應該會比上次低。我之前不是說要調查大型車輛的行車紀錄器嗎？這次可以把那些紀錄，和這次的監視影像一起比對看看。」

勢賢說完後，開始有節奏地按著筆，發出清脆的喀喀聲。她在紙上寫了些東西，這次的筆跡比先前還潦草，幾乎看不出字的形狀。正賢本想再開口，看到時間後遲疑了一下。

「還有話要說？」

他猶豫片刻，在勢賢的眉頭挑得更高之前，趕緊補充道：

「……沒有。檢驗結果出來記得通知我。」

勢賢擺了擺手，示意他可以離開了。

「那我先走了。」

即使正賢開口道別，勢賢還是皺眉，埋頭寫筆記。感到尷尬的正賢只能對著她的後腦勺微微點頭，默默地離開會客室。

走到視野開闊的挑高走廊上，正賢卻莫名煩悶。可能是外頭昏暗的夜色，讓遠處閃爍的電燈像劃破天際的閃電。他腦中浮現剛剛沒說出口的話，總想回頭看。

「鄭刑警。」

一個聲音從他背後傳來。正賢一回頭，不知什麼東西撞上他的肩膀，一聲悶響，那東西掉落在地。

「在發什麼呆？居然沒接好。」

一罐超商塑膠瓶裝咖啡在地上打轉。正賢彎腰撿起那罐咖啡。等他站直，勢賢早就走回室內不見蹤影。那罐夏日咖啡瓶身殘留的溫度在他掌心蔓延開來。正賢繼續往前走，走到一半停下腳步，打開瓶口喝了一口咖啡。

7月20日

「還有一位沒到吧？再等一下。」

「不能直接開始嗎？我忙死了。」

正賢集合隊員，打算共享勢賢提供的相驗檢定報告，沒想到還沒開始，赫根就先表現了強烈的不滿。在缺乏具體證據時，刑警之間更應共享手上的資訊，唯有這樣才能對微小的線索更加敏銳，而這很有可能成為破案的關鍵。

「那麼我們開始第二起案件的簡報。」

「誰准你編號了？以後只要發現屍體，就一個個編號嗎？」

正賢不滿地望著總是毫無顧忌闖進來的署長。

「兩起案件有許多相似之處，因此假設為同一個凶手作案，更有利於調查。」

「你憑什麼下這種結論？為什麼一直往同一凶手的方向帶？這次不是連縫線都沒發現嗎？要是你們照這個方向調查，結果發現凶手根本不是同一人，那怎麼辦？萬一因此錯過其他嫌疑人，你負責嗎？」

署長用手指戳著正賢肩膀，彷彿在他身上刻下一個個問號。正賢攔住署長激動揮舞的手，冷靜問道：

「那麼我是否可以請教，您這麼抗拒將案件視為同一凶手所為，究竟用意何在？」

剛說完，左耳垂下方驀地傳來一陣劇烈的衝擊。回過神時，只見昌鎮死死抱住署長的右臂，努力勸阻。正賢努力讓自己冷靜下來，理性面對眼前的狀況。

「你這傢伙？用意？」

署長襯衫幾顆鈕扣鬆開，裸露出的脖頸已經脹紅。一分一秒過去，下巴火辣辣的疼痛感越發明顯，掌心下的皮膚透著灼熱。

「署長，冷靜點。」

昌鎮一個人壓不住，赫根也上前幫忙，兩人聯手將署長拉出門外。錫宇看了看情況，輕拍正賢的肩膀，跟著走了出去。

重案組辦公室瞬間安靜，只剩下正賢一人。突如其來的酸澀感蔓延眼角，他忍不住自嘲地笑著。不是因為疼痛，而是太荒謬了。朋友曾開玩笑說，成年人有了工作以後，唯一能在外面掉眼淚的時刻，只有在醫院牙科治療的時候。如今他的下巴被結結實實地揍了一拳，這種情況也算類似吧。

正賢揉著下巴整理桌上散落的資料，順手把剛才大家匆忙離開時弄亂的椅子一一歸位。他原本是抱著一定要讓署長道歉的決心才留在這裡，如今這一切毫無意義，頓時感到洩氣。他索性靜下心，重新翻開資料。

第二名受害者和正賢同樣三十一歲。她恐怕從未想過自己的生命會用這種方式畫下句點。她是湧泉女子中學的數學代理教師，包裡還裝著下班後要批改的考卷。正賢讀著一張張她親手寫給學生的鼓勵話語，沉痛無比。

這是正賢從警以來最煎熬的時刻。他很想偏過頭，假裝看不見，但是他清楚知道不能將重蹈覆轍視為單純的失誤。

正賢站起身來。要是找不到證據，他絕不再進警署一步。不管署長怎麼刁難都無法阻止他。他用力拉開玻璃門，署長卻站在門口擋住了去路。

「你要去哪裡？話還沒說完，回去坐著。」

署長語氣明顯軟化，貌似對自己失控動手的行為感到不好意思。

「組長，我們談一談吧。」

昌鎮不知道從哪裡冒出來，好聲好氣地拍拍正賢的背想勸和。正賢勉強回到辦公室，昌鎮立刻湊近低聲道：

「你也知道署長個性暴躁，他這樣還不是為了我們重案組好，別硬碰硬。」

昌鎮話才說完就站到署長身後，等著正賢的回應。正賢不禁納悶他習慣性說的那句「為了我們重案組好」究竟是什麼意思？

「目前人手不足，這起案件讓重案組和刑事組聯合調查。」

「聯合？要我們怎麼跟刑事組合作？」

「唉，這種事還需要我一一解釋嗎？重案組還沒抓到幾天前發現的屍體凶手，你們就專心辦那起案子，今天發現的屍體就交給刑事組，兩邊同時進行調查。」

比起剛才被署長揍，正賢此刻更為震驚。湧泉警署刑事科下轄重案組與刑事組，兩者的職責明確劃分。刑事組專門處理一般暴力案件、非法入侵民宅與竊盜等普通犯罪。若辦案時發現屍體，則該案件會立即移交重案組。

讓向來負責不同類型案件的刑事組去調查屍體本就奇怪，更別提這兩起案件極可能是同一凶手所為卻硬要拆成兩組偵辦。怎麼看都像是拿重案組案件多當藉口，強行拆分案件，營造出兩名凶手作案的假象，降低媒體的關注度。

「就像你說的，如果確定是同一凶手，廣域搜查隊就會組專案小組正式接手調查，等到那時候，難道你想被指責什麼證據都沒找到，只會乾等嗎？趁現在還能聯手調查就應該好好合作。」

署長每次交派棘手任務時嗓門總是特別大，幾乎是用吼著下令。正賢沉默地望著他，一言不發點點頭。方才還因為案件而混亂的思緒彷彿被一陣冷風吹過，變得清晰。他伸手將桌上的資料盡數掃進懷裡。

「組長！」

抛下滿臉錯愕的署長與昌鎮，正賢直接推開重案組辦公室的後門，飛奔下樓。手上的資料幾乎要散落一地，他死死扣緊十指，抱緊紙張。

「喂！鄭正賢！你去哪裡？喂！」

署長的怒吼聲響徹整條警署走廊，然而，正賢頭也不回地走進地下餐廳。一推開門就看見刑事組的人聚一起在抽菸。當他的視線與刑事組組長交會時，微微點頭致意，接著立刻朝後門奔去。

正賢粗暴地拉開警車車門，將手中資料隨手扔到後座，飛速坐上駕駛座。

門毫無預警地推開，正在擦眼鏡的准京被嚇一跳。

「妳還是那麼急驚風。愣著幹嘛？進來吧。」

勢賢三步併作兩步衝到桌前，准京像是感到壓迫似地，拿著手裡的文件當扇子搧風，示意要她退後些。

「怎麼想都覺得妳真是夠厲害的，居然跑到湧泉去？」

「所長親自開口拜託了，我哪敢說不去。」

「反正那個人老是這樣，隨便使喚我們國科搜人才。」

勢賢聽得出准京話裡藏著的另一層意思，暗自冷笑。准京年紀比她大，資歷也不容小覷，但無論什麼事，勢賢都不想輸給她。

然而，所長前陣子得知准京是國科搜院長最器重的後輩，從那之後，兩人的處境瞬間對調。勢賢好不容易才爭取到秋季調職，怎麼可能輕易讓准京搶走？她抬頭看著比自己高出十公分的准京，腦海中描繪出對方被狠狠踩進谷底的畫面。她知道那一天已經不遠了，現在更該沉住氣行動。

「之前請妳幫忙調查的事，怎麼樣了？」

「妳是說那個黴菌？從屍體上檢出的那個？」

勢賢接過准京遞來的鑑定報告，迅速掃視。

若屍體瀰漫的消毒水氣味和縫隙間的黴菌都是屍體腐敗造成的，按理說，還有另一個關鍵線索尚未出現。

「菜瓜布呢？」

「徐科長，妳是不是想到什麼了？」

准京眼明手快地搶回勢賢手中的鑑定報告，翻面壓在自己桌上。國科搜的資訊原則上是共享的，不過唯獨現在，她最不想讓對方知道的資訊卻落到了她最不想共享的人手裡，這讓她格外煩躁。

「不算猜測，是合理的懷疑。」

「所以啊，妳該把『合理的懷疑』共享，這樣我們才能一起破案，不是嗎？別老是自己悶頭調查。」

准京幼稚地在勢賢眼前晃動鑑定報告，勢賢的眼神瞬間冷卻。她重新整理思緒，平靜地移開視線。遇到讓人心煩的事，越是要冷靜，理智應對。

「醫學系大一的暑假，我們進行了解剖實習。當時我們小組分配到的解剖用屍體，可能是藥劑沒有固定好，竟然發霉了。解剖一旦開始，我們得連續幾週和同一具屍體打交道，可是黴菌卻一天天蔓延開來。所以每天離開相驗室前，我都會倒滿消毒藥水，再用菜瓜布猛刷，刷到發出刺耳的摩擦聲才罷休。」

准京原本想考醫學研究所，然而，多次名落孫山後，最終改讀遺傳學碩士。她向來不愛聽勢賢醫學系學生時期的故事，但這次的話題貌似勾起了她的興趣。

「那麼，凶手把屍體當成解剖用屍體處理？」

「動機雖不同，不過從切割方式到縫合痕跡，外觀上確實很像。」

「那我們就從有犯罪前科的人裡篩選出具備醫學知識的，逐個調查不就行了。」

「也可能完全無關。畢竟大家稱他為『裁縫師』，而不是『醫生』。從屍體處理手法來看，沒有專業技術可言。至於菜瓜布，也許只是凶手平時習慣擦拭而已。這種東西隨處可得，大家平時用來刷碗也會用來打掃。」

「什麼啊，所以妳的意思是，外面有個完全不懂醫學的人隨便拿著手術刀犯案？這世界到底怎麼了。」

「所以才得快點抓到凶手。總之，謝謝妳幫忙確認結果，省了不少時間。」

不清楚准京對哪個地方感到滿意，總之，勢賢的話讓她心情頓時好轉，將鑑定報告給了勢賢。

「我懂。說真的，這類案件最重要的還是找到ＤＮＡ證據吧？」

准京心情大好地將頭髮往後撥，順手將不知何時準備好的冰美式遞給勢賢。勢賢禮貌道謝，接過咖啡，靜靜轉動門把，關上門。她穿過空蕩的走廊，回到辦公室。

一進辦公室，勢賢便將咖啡隨手放進牆邊的水槽，若無其事地回到座位上。冰塊融化，塌陷的聲音在水槽裡迴盪。那聲音聽起來格外悅耳。

勢賢將從准京那裡拿到的鑑定報告，連同手邊所有文件全數攤開在桌上，邊哼著歌邊在腦海中重現第一具屍體的相驗過程。拙劣的手術刀痕跡、半吊子的縫線、被取出的內臟、浸滿消毒水的雙腿，還有菜瓜布。

勢賢怔怔地望著鑑定報告最後一頁的結論部分。除了「頸部壓迫導致窒息」這項直接死因外，報告結論異常簡潔，完全不像她平時的作風。她明明掌握了更多的資訊，卻選擇用簽名保持沉默。

勢賢的思緒自然而然地飄向第二具屍體上發現的指紋。指紋、更多的指紋……撇開第一具屍體那根來歷不明的縫線，這一切都和調均的作風如出一轍。但犯罪速度太快了。勢賢沉默地撫弄著自己指紋紋路。

要是這次調均的身邊也有個幫手呢？勢賢心裡的不安越來越強烈，於是打開搜尋引擎，想分散注意力。然而，螢幕下方不斷跳出新聞標題——「湧泉市兩具屍體將分開偵辦」，這樣下去可不妙。她揉了揉眉心，煩躁地翻找通話紀錄，找到了一個原以為再也不會撥出而未曾儲存的號碼，按下通話鍵。

——喂。

「鄭刑警，我是徐勢賢。有件事想問你。」

——是，請說。

話筒那頭傳來喧鬧聲，像是有人在吼叫。

「你現在在哪裡？」

勢賢忍住因噪音而變得尖銳的語氣，繼續對話。

——我來網咖查行車紀錄器的影像。

「網咖？」

——我這邊有點狀況……

嘈雜的背景音淹沒了正賢的聲音，聽起來像是喃喃自語。

「我看了新聞，說兩具屍體要分開偵辦，是真的嗎？」

——目前沒有確切證據能夠證明兩起案件有關，所以署長下令，讓我們重案組和刑事組各自調查。

不必親臨現場也能想像出來當時的場面。那個嗓門如雷的男人一聽到「同一犯人」又立刻暴怒，對正賢一陣臭罵，最後幾乎是被強行請出警署大門。勢賢從不對警方辦案抱有信心，因此也沒什麼期待，然而，湧泉警署的無能還是超出了她的想像。事情這樣下去，她的工作量只會越來越多，光是想到這點就讓她煩躁。

「只要找到能證明是同一人所為的證據就行了吧？我會處理的，你手機別關，等我消息。」

不等正賢回應便直接掛斷了電話。儘管這兩起案件確實有不少相似之處，不過，由於沒有確切的ＤＮＡ證據，嚴格來說，這一切還只停留在推測層面。然而，無論如何，這兩起案件都必須在「同一犯人」的前提下進行調查才行。

調均的犯案原則是「絕不重複犯案手法」。這也是警方至今連他的影子都沒能找到的原因。就連當時處理屍體時用的刀具她都會逐一更換，這樣的他怎麼可能開同一輛車去犯案？可惜，他的善後向來不夠徹底，因此最後的收尾總是落在勢賢肩上。

不過，現在調均的身邊已經沒有勢賢了。若現在發生的這兩起案件真是出自同人之手，那麼逐幀檢視所有監控畫面，或許能夠找到逮捕調均的關鍵證據。如今的她身為法醫，無法直接插手調查，必須借助警方的力量才行。

正賢不知道調均的真實身分，若同時調查這兩起案件，勢必會因為找不到明確的犯案共同點而一頭霧水。勢賢要做的就是抓住這個機會，利用正賢發現的證據，搶在警方前面找到調均並親手解決他。從一開始，正賢的價值就在於把調均逼到她的手中。

勢賢冷靜地坐下來，仔細翻閱鑑定報告。第二具屍體上雖無縫線痕跡，卻留下了大量指紋；第一具屍體上則完全找不到任何指紋。調均還是老樣子，按自己一貫的習慣，故意讓這兩起案件看起來像是不同人所為。

與其說是「發現」大量指紋，更像是有人故意留下了那些痕跡。仔細想想，第一具屍體上有那麼多縫合痕跡，還有被摘除的器官，本該是最容易找到指紋的地方，卻連一枚指紋都沒有。相對地，第二具屍體多得不尋常，就像凶手乾脆摘下手套，用雙手在上面肆意碰觸一切。

要是調均身邊還有一個幫凶呢？畢竟分開得太久，勢賢一時間也無法推測出那人的真實身分。她皺眉，按壓著僵硬的後頸肌肉。只要再冷靜地思考一次就行了，反正調均的手法一向單純直接。她經手的棘手案件不計其數，至今還沒有一起是她解不開的。她仰頭放鬆脖頸，再次低頭時，餘光瞥見桌角有張搖搖欲墜的紙。

勢賢靜靜地閱讀著資料，忽然嗤笑出聲。如今回頭看，那突兀出現的農業用塑膠布根本不值得深究，用途再明顯不過，是用來保存解剖後的屍體。就像解剖課結束後覆蓋屍體的那層塑膠布，或者相驗前用來包裹遺體的屍袋。勢賢索然無味地翻過那一頁，繼續往下讀。

第一名死者的死亡時間推估在屍體發現的八天前，第二名死者則是三天前遇害的。處理第二具屍體時他顯然時間不夠。或許是正因如此，才沒能像第一次那樣仔細地用膠帶固定好。她忍不住又發出一聲嘲笑。封箱膠帶？這種粗糙又愚蠢的處理手法，還真是調均的一貫作風。

等等。勢賢猛地起身，視線緊盯鑑定報告。膠帶？她本想拿起手機，不過手指才剛碰到就改變了主意，衝向基因鑑識科的鑑識實驗室。毫無預警的闖入把裡面的檢驗員都嚇了一跳。他們尷尬地跟她打招呼。勢賢直接走向離自己最近的檢驗員問道：

「和第一具屍體一起送來的證物，還保管著吧？」

「什麼？第一具……是的，還在。」

檢驗員貌似有點緊張，清了好幾次喉嚨才回答。勢賢環顧四周，確定准京不在後，說道：

「那幫我做個指紋鑑識吧。」

「呃……要檢測什麼東西……」

「農業用塑膠布。快點進行。」

「但那塊農業用塑膠布，我們已經完整檢測過了，考慮到面積較大，怕遺漏任何細節，當時我們特地拆分成小塊逐一檢測，結果已經出來了。」

或許是和准京共事久了，這名檢驗員說話也特別囉嗦，言下之意無非是要她別再追問。勢賢忍不住露出一抹輕蔑的神情，目光落在對方戴著手套還頻頻伸手抓臉的舉動上。保持手套清潔是檢驗員應具備的職業規範，連這點都做不到，還在她面前找藉口，實在可笑。

「那就不查塑膠布了，直接檢驗當時一起黏著的膠帶吧。」

檢驗員有點慌張，無法掩飾情緒，環顧四周卻沒有人願意幫忙解圍，最後只能乖乖站起來。不久後，他拿來了農業用塑膠布，勢賢戴上手套，俐落地撕開膠帶。檢驗員縮著肩膀，戰戰兢兢地伸手想接過膠帶，卻被勢賢一個冷淡的眼神擋了回去，要他換副乾淨的手套再來。

「不管是指紋還是體液都沒關係，重點是找到ＤＮＡ證據。」

戴著矽膠手套要處理膠帶不容易，然而，凶手用這麼大一片膠帶纏住屍體，一定有哪個角落不經意沾染上痕跡。

勢賢對調均如何處理屍體毫無興趣，她只在意能否找到連結第一具和第二具屍體的線索。

瞄了眼手腕上的手錶，決定靜心等待。沒過多久，檢驗員滿頭大汗地跑來，她揚起嘴角迅速接過對方遞來的鑑定報告，走出走廊，左手拿著報告，右手撥通了正賢的電話。

「還在網咖嗎？問看看能不能收傳真。」

接下來的每一步都非常重要。她必須比警方更快找到調均。

即使正值盛夏，這座老舊的混凝土建築的地面依舊透著一股寒氣，使正賢不由自主地併攏雙腳，他記不清自己是怎麼回到湧泉警署的，更不明白自己哪來的勇氣，竟毫不猶豫地推開了署長辦公室的門。

「別亂來。在廣搜隊介入之前，一定要徹底調查清楚。」

彷彿被逐出署長室一樣，正賢長舒了一口氣。他靠在冰冷的混凝土牆上，呆呆看著門把。盯著那扇緊閉的門，腦中錯綜複雜的線團貌似才剛解開一小部分。

值得慶幸的是，將案件分給刑事組的命令已經撤回，不過署長對於由湧泉警署主導調查一事仍舊感到壓力，整日只盼著廣域搜查隊能儘快成立專案組接手案件。而且，他還特別指示，為了防止消息走漏，引來媒體關注，今後所有與案件有關的資料都得直接向他報告。

加快調查進度才是當務之急，哪有閒情逸致一一彙報。但如若這點麻煩有助於破案，正賢也只能忍受了。

正賢步伐沉重地回到重案組。辦公室冷冷清清，組員們大概都已前往第二起案件案發現場，挨家挨戶尋找目擊證人了吧。他拿出手機查看先前發給勢賢的訊息，然而，至今尚未收到回覆。

為了掩飾內心的失落，正賢將資料推到桌子一角，泡了杯即溶咖啡。當初網購時，沒預期到這個馬克杯會如此巨大，放入咖啡粉後還得把手伸進去才能充分攪拌，這次又沒控制好水量，味道淡得幾乎嚐不出咖啡香。他緩緩啜飲咖啡，溫熱的液體緩緩滑入喉間，緊繃的身體逐漸放鬆下來。

正賢平常就有整理桌面的習慣，即使桌面原本就維持得相當整潔，他還是不滿意，隨手拿起溼紙巾又擦拭了一遍。隨後，他取下文件架上貼著紅色圓點標籤貼紙的文件夾，裡面放著各種重要文件，最關鍵的部分則以紅色長尾夾固定。他抽出一疊文件放在桌面中央，並把平時用來記錄的小冊子擺在一旁。

關於共犯的可能性，雖然仍有疑點，然目前還沒有發現任何能支持這一推測的證據。至於未遂犯，目前正利用湧泉市的犯罪者指紋系統比對第二具屍體上發現的指紋，透過程式篩查後，再用人工方式進行肉眼核對，同時借助監視器進行車輛調查分析，而下一步是……正賢的目光落在小冊子角落的詞彙上。

分屍案。他意識到自己近期忙於調閱監視器畫面和頻繁來回案發現場之間，竟忘了這個重要線索。正賢打開案件查詢系統，搜尋京畿地區過往分屍案。僅去年一年，京畿道的犯罪案件就超過千件。面對這驚人的數字，他決定先從手邊已列印出的資料著手，專注研究一九九九年發生的兩起分屍案。

假設凶手曾犯下類似的案件，於是重新調整了搜尋範圍，設定為一九九一年至二〇〇〇年這十年間。儘管這段時期的犯罪案件比近年少，然而，單憑一人之力，要逐一確認完仍然是項大工程。他皺眉沉思，決定將精力放在那些懸案上，先排除掉已偵破的案件。

最近要寫的報告堆積如山，正賢的雙眼不堪負荷，長時間盯著螢幕看了幾十分鐘後變得異常乾涸。他輕揉眼皮，拉開抽屜尋找人工淚液。這是之前眼科開的拋棄式人工淚液，現在只剩下一週的量。接連發生的案件讓他總拿工作繁忙當藉口推遲複診。正賢一邊滴著眼藥水，一邊下定決心：今天下班後無論如何都抽空去一趟藥局。

拭去眼角的倦意，再次全神貫注研究資料。每當感覺自己即將捕捉到關鍵線索時，他都會刻意讓思維回歸原點，以無預設立場的態度重新檢視資料。不知不覺間，一小時已悄然流逝，調查卻毫無進展。當他瀏覽完二〇〇〇年前的紀錄仍無發現時，焦躁感開始蔓延。就在他準備闔上手中文件，轉向下一份資料之際，有種異樣的感覺，因此他再次仔細閱讀資料。

二〇〇〇年十月十七日，西平澤發生了一起令人震驚的分屍案。凶手在河岸邊的茂密草叢中掩埋了肢解後的屍體，儘管警方最終成功找回所有被毀損的屍塊，也提取了ＤＮＡ證據。不過由於棄屍時間過長，基因數據污染嚴重，無法確定嫌疑人，使該起案件最終淪為懸案。這起案件與一九九九年發生的兩起分屍案有著諸多雷同之處。

就在這時，走廊上傳來一陣騷動，重案組組員喧鬧著進入辦公室。錫宇滿臉笑容地走向正賢。

「組長，搞定了！已經拿到目擊者證詞。」

「真的嗎？」

「嘿！當然是真的。」

錫宇見正賢一臉疑惑，忍不住用厚實的手掌拍了拍他的背，大笑說：

「根據目擊者描述，當晚有一輛廂型車開進那條巷子。」

「多大的廂型車？」

「就是常見的九人休旅車。」

「有其他特徵嗎？」

「我特地問過了，車上沒有任何標誌或貼紙，看起來就是普通的乾淨車輛。」

「車牌號碼和駕駛呢？」

「車開得很快，目擊者來不及看清楚。」

正賢邊回想邊拿起桌上的小冊子翻閱起來。錫宇靠近他，瞄了幾眼他手上的小冊子。察覺到錫宇的動作，正賢連忙伸手遮住。

「組長，你還在查那些分屍案嗎？」

「分屍案？那是什麼？」

赫根一頭霧水，疑惑地問道。

「組長之前不是問過有沒有湧泉市懸案相關資料嗎？前輩那時不在嗎？」

「分屍案？就算有也不會交到我們這邊吧。那時候案件都由廣搜隊接手了。」

「我以前擔心會遺漏，順手做了筆記。先別說這個了，專心看這裡。」

在錫宇再開口之前，正賢迅速翻開小冊子的另一頁，轉移他的注意力。

「我們應該再仔細確認一下三岔路口的監視器影像，我之前已經記錄過當天經過的大型車數量。看這裡，光是廂型車就有十七輛。」

正賢的筆記中詳細分類了當天經過的車輛，從普通廂型車、教會使用的Starex廂型車、貨車、宅配廂型車、郵局車輛，並精確記錄它們經過的時間。

「哇，組長你太強了吧。到底重播了多少次？」

錫宇驚訝地翻閱小冊子，赫根也在旁邊感興趣地瀏覽內容。見兩人對分屍案的話題興趣減弱，正賢暗自鬆了口氣，自然地收回小冊子，放入口袋。

「只要好好分析畫面，抓到凶手便是時間問題。」

「那就別光說不練，快點開始吧。」

昌鎮端著兩杯咖啡走來，正賢用微笑回應。凶手很快就會落網，到時候和他年紀相仿的女性走夜路就不用再提心吊膽了。他環視著忙碌的重案組組員們，相信他們的心情和自己是相同的。

「這段監視器影像有四十八小時，我們各負責十二小時吧。如果發現可疑車輛，立刻確認並回報給我。今天就要抓到犯人，安心下班。」

不知道過了多久，距離大家一起吃炸醬麵已經過了一小時，現在應該晚上八點多了。昌鎮說要出去抽菸卻遲遲沒回來；錫宇以休息為由，早早躲進了值班室；正賢伸了個懶腰，站起身來，按平日的習慣，他下午三點後就不會碰咖啡，不過今天無論如何都得保持清醒，他拿起馬克杯，走向飲水機。

本以為能迅速完成的工作出乎意料地費時。正賢已經整理完正門監視器的所有畫面，本以為只要再檢視後門畫面就能迅速鎖定嫌疑人。然而，實際調查才發現後門附近的道路上還有另一台監視器，更不用說還得同步比對周圍巷弄內停放車輛的行車紀錄器畫面。光靠八隻眼睛根本不夠。

正賢的眼睛從剛才就極度酸澀，使他不自覺地皺眉。他擠光所剩無幾的人工淚液，靜靜地閉上眼睛休息。

「等等。過來一下。」

後方忽然傳來赫根急促的聲音，正賢瞬間清醒。他這才發現自己不小心睡著了，肩膀一陣僵硬。赫根再次激動叫喊，他急忙走過去。

「看這輛車，灰色廂型車。看不清楚前面是72BA還是MA，總之，後面的數字是9476。十八日下午五點十三分從正門進去。還有這裡。」

赫根按停了影片，切換到正賢整理出的隔日畫面，並放成全螢幕。

「我看到了。9476？第二天，也就是十九日凌晨四點三十九分從後門出去。屍體是什麼時候被發現的？」

「十九日凌晨四點四十七分。看來他提前藏身在校園裡，故意讓警方誤判，丟棄屍體後立刻離開。」

「還愣著幹嘛？我們得快點通緝他！」

赫根篤定的語氣讓正賢立刻拿起話筒，迅速把影片傳送到影像分析室。在確認車牌號碼後，他立即聯絡交通部門，請求緊急查詢。這短暫的等待時間顯得異常漫長。時間越拖延，焦躁感就越強烈。赫根雖想掩飾焦慮，可他雙腳無意識的抖動和拖鞋不規則地敲打地面的聲音出賣了他。

正賢目不轉睛地盯著手機，就在他正準備調高音量時，突兀的提示音穿透冷氣運轉的低鳴聲。

「有消息了？」

他給赫根看手機畫面，說道：

「吉山大路中央一路124。」

兩人不約而同地衝出辦公室，最後幾階樓梯三步併兩步地跳下。赫根坐上駕駛座發動引擎，正賢則一邊聯絡昌鎮，一邊繫安全帶。誰知就在這一刻，赫根猛踩油門，後座力讓正賢整個人重重撞上椅背。正賢好不容易扣好安全帶，拿穩手機，焦急指示昌鎮叫醒錫宇，一起趕往現場。

之前從未與赫根一起執行外勤任務的正賢，此刻才發現他擁有精湛的駕駛技巧。在黃燈轉紅燈的瞬間，他精準踩下油門，車輛如貼地滑行般疾馳而過。作為土生土長的湧泉人，赫根對湧泉的大街小巷了然於胸，竟比導航預測的時間提早五分鐘抵達目的地。當寫有「吉山大路」的路標在夜風中微微晃動時，赫根悄悄關掉了警燈。

「車停在這裡，我們走上去。你打算怎麼做？要等支援嗎？」

「不，帶上電擊槍，直接進去。」

正賢竭力掩飾緊張，他早已耳聞不少對於年輕警察指揮官的偏見，因此每次出勤，他都堅持身先士卒。憑藉與其他刑警不相上下的身高和體格，加上多年來堅持不懈的訓練和實戰經驗，正賢早已證明自己能擔任這一職位絕非僅因年輕。他在腦海中回顧過往成功處理各類案件的經驗，右手握緊了伸縮警棍。

陡峭大路旁的巷弄錯綜複雜。兩人仔細辨認著電線桿上的路標，深怕走錯路。

「左邊應該就是中央一路，從這裡開始，我們兩個得一起邊走邊確認。」

赫根也好似被緊張氣氛感染，反常地服從正賢的指示。悶熱潮溼的夏夜空氣，加上毫無預警的陡峭階梯，兩人汗如雨下。當進入巷弄深處後，要在昏暗的燈光下確認每一個門牌號碼變成了一項艱難任務。到了第三條巷子時，正賢的雙腿彷彿綁了沙袋般，舉步維艱，走在後頭的赫根顯然也到了極限，呼吸愈發急促。

「張刑警，這裡！」

就在正賢準備轉進下一條巷子的瞬間，他的目光捕捉到入口處「124」的門牌號碼。他立刻向赫根打了個手勢。這戶人家大門由兩扇厚重的複合木板製成，外圍築起高聳的圍牆，似乎有意遮掩住宅內部情況。正賢沿著牆壁低身前行，慢慢靠近那扇大門。跟在他後方的赫根做出「按門鈴」的手勢，看到正賢點頭同意後，立即按下門鈴。

正賢緊貼牆面，小心翼翼讓自己藏身在對講機螢幕範圍之外，同時他敏銳地環顧四周，評估著各種可能的逃跑路線。萬一嫌疑人翻牆逃跑，他該採取怎樣的行動才能最迅速制伏對方？正當他腦海中不斷模擬著可能發生的情境時，對講機傳來一個貌似剛從睡夢中被驚醒的中年女性的聲音。

「這麼晚了，真的很抱歉。我們的車子沒電了，想借條跨接線。」

赫根的演技好似奏效，屋內傳來女人叫人的聲音。他向正賢使了個眼神，示意準備，然後後退一步。沒過多久，隨著清脆的門鈴聲響起，拖鞋與地面摩擦的聲音傳來，一名身上只是隨意在背心外搭了件短袖襯衫，幾近禿頭的年邁男人睡眼惺忪地揉著眼睛走出來。

「謝謝。我剛才開了警示燈，把車停在前面，才離開一下回來就發現沒電了。」

赫根為了證明自己沒有威脅性，特意將雙手拿出口袋。

「你的車在哪？」

赫根輕鬆自然的語氣成功欺騙了男人，男人放下戒心走出大門。赫根悄然後退，巧妙地封鎖男人的退路，並發出信號。下一秒，正賢果斷地從背後鎖住男人的手腕。突如其來的襲擊讓男人驚慌失措，開始劇烈掙扎，而赫根牢牢箍住男人的脖子，強行將男人的頭壓到地上。

正當正賢要替男人戴上手銬時，男人激烈反抗。情急之下，正賢乾脆反手扭住男人的左臂，男人疼得彎下腰，赫根趁機壓制男人的右手，徹底控制住男人後交給正賢處理。男人的怒吼聲迴盪在窄巷間，屋內的女人衝了出來。女人目睹丈夫被兩名陌生男人戴上手銬，立刻發出歇斯底里的抗議聲。

「你們這些混帳在做什麼？」

汗水浸透的正賢，前額髮絲垂落刺痛了他的眼睛。他隨手撥開頭髮，先將男人扶起來，安撫激動的夫妻兩人。

「你們是誰！」

「我們是湧泉警署重案組。權亨祖先生，你涉嫌殺人棄屍，現在要緊急逮捕你。你有權聘請律師，也有權選擇保持沉默。」

「胡說八道。你說我做了什麼？沒證據可以這樣隨便抓人嗎？」

正賢仔細端詳仍在奮力掙扎的男人的後腦勺，隱約感到不對勁。就在此時，錫宇總算趕到現場，迅速把男人交給了昌鎮，自己則安撫嚇得渾身發抖的女人。周圍的鄰居早已被深夜的騷動吸引，聚集在男人家門前，好奇地低聲議論著。面對越來越多好奇的目光，正賢只想儘快撤離此處。

正賢拜託錫宇盡量擋住男人的臉孔，並請女人以證人身分一同前往警署。

勢賢從冰箱裡拿出白天沒喝完的咖啡，倒入剛買回來的冰杯裡。她瞄了眼時鐘，時針剛指向九點。微開的窗戶吹進一陣涼風，和冷氣混在一起。除了筆電風扇的聲音，勢賢的空間裡一片寂靜。

她拿起指甲剪，開始修指甲。其實前兩天才剛剪過，沒什麼可剪的，但她一直想改掉咬指甲的壞習慣，因此只要有空，她就會修指甲。靜悄悄的辦公室裡，空調運轉的嗡嗡聲和清脆的剪指甲聲交疊，有種莫名的快感。

勢賢反覆咀嚼剛才所長說的話。總院開了法醫的職缺，但早就內定給要調去首爾的人。換句話說，只要這次案件順利就可以準備去總院。

將兩起案件鎖定為同一個凶手，勢賢確實出了不少力，特別是她在第一具屍體的塑膠布上發現膠帶上殘留的指紋。這是教科書級別的破案經典案例。想到這裡，她心滿意足地繼續剪指甲，下一秒就皺起眉頭，隨手撿起旁邊的衛生紙按住手指，握緊拳頭。又剪得太短，手指流血了。

勢賢一口氣喝下咖啡，輕踢椅子，椅子原地轉圈。她陷入沉思。是時候找調均了。然而，他過去住的地方早已拆遷改建，現在變成了大樓，而他曾經工作的地方也成了城市綠地，徹底消失。這時，手機的震動聲打破寂靜。勢賢看見螢幕顯示「正賢」的名字，她把手機在指間轉了一圈，故意拖延了一會才按下接聽鍵。

「喂？」

——徐科長，我是鄭正賢……

電話那頭一片嘈雜，勢賢聽不清他說什麼。她提高音量問道：

「喂？」

——我是湧泉警署的鄭正賢。

「我知道，什麼事？」

——我們抓到嫌犯了！

「這麼快？」

勢賢急忙閉上嘴。消息過於突然，讓她不小心脫口說出內心想法。

——喂？妳說什麼？不好意思，現在這裡太吵了，聽不清楚。請說大聲一點。

幸好正賢好像沒聽到她的失言，立刻追問。勢賢握緊手機，站起來，調均不能這樣被抓。不能一下子就被抓。他不該用那副早已腐朽不堪的軀殼來贖罪。她一點都不想被捲入調均的自我滅亡。

「是怎麼找到的？」

——靠目擊者證詞，與妳之前說的學校前三岔路口的監視器進行比對，鎖定了嫌疑人的車輛。

勢賢用力開門，快步走向值班檢驗員辦公室，朝裡面的人勾了勾手指，示意對方出來。

——謝謝妳，多虧妳，我們才能這麼快找到人。

勢賢心不在焉地聽著正賢的話，隨手在紙上寫下幾行字，交代檢驗員事情。

「你現在在哪裡？」

——我在警署。馬上要去調查嫌疑人。還有……

「還有什麼？」

她對正賢吞吞吐吐的語氣感到煩躁。

——等一下。

嘈雜的背景聲逐漸平息，正賢的聲音變得清晰。

——我找到了另一起分屍案。發生在二〇〇〇年十月。

勢賢咬緊牙關，不讓他聽出自己語氣中的顫抖。她本以為正賢抓到嫌疑人後這件事就能告一段落。不過他對過去分屍案的執著讓她不知所措。她一直認為正賢只是個剛好能派上用場的棋子，現在她一個不小心，反而可能會被自己準備對付調均的那把刀刺死。

走進辦公室，將需要的文件塞進包裡。她平時不愛整理，桌上堆得岌岌可危的紙張再也承受不住，散落一地。

——即便和之前的兩起案件有一些不同，還不能確定。由於是懸案，我已經把當時的發現者證詞準備好了，打算等一下審訊時試探性提問。

「為什麼要問嫌犯過去的案件？」

勢賢一時激動，急切追問。正賢好像有點被嚇到，沉默片刻才回答。

——因為……嫌疑人年紀看起來有點大，我想也許可以順便問問看。

「年齡？大概多大？跟過去案件時間對得上嗎？不，你先說說那起二〇〇〇年的懸案。」

勢賢將手機稍微移開，調整呼吸，發現自己停不下發問的速度。她迅速將眼前能拿的東西全都塞進口袋，跑了出去。

——好的。當時這兩起案件都是直接棄屍在外。二〇〇〇年這起案件，凶手是將屍體整個埋起來。因為棄屍手法變了，我一開始也不確定。但妳還記得我之前提到的桶子嗎？就是一九九九年案件中發現的那個。這次凶手用橡膠水桶蓋在屍體上，就像是座墳墓。

勢賢拉開車門的手僵住了。

——不好意思，徐科長，我現在得進去了，晚點再聯絡可以嗎？我會再觀察一段時間。

背景音再次變得嘈雜。勢賢習慣性將指甲送入口中，卻嚐到一股血腥味。剪得太短的指甲邊緣滲出了血。

——喂？徐科長？

視野一下子變得模糊，周圍傳來的聲音壓迫她的後腦勺，頭痛欲裂。

「我知道了。」

勢賢吐出一口氣，大力打開車門。她調整了推到最底的駕駛座，將手中的手機隨意扔到副駕上。從事這份工作以來，她從未如此任性地擅離職守。即使曾經發高燒、因為急性腸胃炎，肚子痛得不得了，她仍死守辦公室。

回想正賢的話，可思緒亂成一團，什麼都想不起來。血珠順著她搭在方向盤上的指尖滑落，她抽了張衛生紙，草草包起手指，驅車直奔湧泉。

嫌犯被捕的的消息一傳開，就算是深夜，湧泉警署門口還是擠滿了人。勢賢將車停在稍遠的地方，打給正賢。她被他最後那句話弄得心神不寧，才會一路衝來湧泉。可是來到這裡，她發現自己除了等待，什麼也做不了。這種陌生的無力感讓她特別疲憊。

勢賢先讓自己冷靜下來，用溼紙巾擦去凝固的血漬。裂開的指甲邊緣變得乾淨，彷彿從未受傷過。她開始回想剛剛的對話，梳理思緒。

她原以為正賢會提起分屍案，是因為最近的事。不過既然嫌犯已經抓到了，他為什麼還會提起多年前的懸案？勢賢不禁懷疑自己是否遺漏了關鍵線索。她不由自主地回想從第一次見到正賢到剛才的通話。

正賢對分屍案這麼執著，會不會和他個人經歷有關？然而，她早事先調查過正賢的背景：富裕家庭的獨生子。像他這樣的人，怎麼可能與調均那種罪犯有任何交集？

她又習慣性地想把手放進嘴裡，卻在聞到淡淡的血腥味後只輕舔了一口。她關掉引擎下車，迎面而來的是從地面升騰而上的熱氣。遠處，一輛閃爍著警燈的警車無視左轉燈，駛過警署繼續向前開。

勢賢順著那輛警車離開的方向走，沿著右側河岸步道慢慢前行。走到與大路交會的路口時，她一眼就看見不遠處那條通往警署後方的巷子。是先前正賢帶她走過的那條路。勢賢立刻折返，回到車上，發動引擎開進了那條後巷。

不出所料，警署後門已經進行了管制，勢賢把車窗搖下一條細縫，伸手遞出自己的證件。那名警察看到「行政安全部」，神情略顯陌生，但是當視線移到證件上的法醫職稱時，疑慮全消，乾脆放行。

這是勢賢第二次踏入湧泉警署，然而，她沒空去在意陌不陌生，馬上走向建築物內部，憑著記憶找到通往餐廳的樓梯，快步上樓。平常不愛運動的她，基本上二樓以上，她就會搭電梯，因此現在只爬一層就有點喘。

勢賢果敢放棄爬樓梯，像平時一樣搭電梯上樓。警署外頭一片混亂，裡面卻出奇安靜。多虧這份冷清，她順利進入重案組辦公室。裡面空無一人。勢賢只好撥給正賢，並退出辦公室。

「徐科長？」

平時總是將襯衫領口扣得一絲不苟的正賢，今天竟然解開了兩顆扣子，瀏海也亂糟糟的。

「妳怎麼來了？」

「下班有點空，就過來看看。」

「不累嗎？」

「今天事情比較少，路上不塞才提早到了。之前你話說到一半，我就順便過來，不過你好像很忙？我剛剛打給你。」

「啊！不好意思，我一直在審訊室，才剛出來。」

「沒什麼好道歉的，要是你現在有空，我想把之前的話題聊完。」

「可是審訊還沒結束，我不能離開太久。」

本想問需不需要等他，但話沒說出口，心裡已經不滿地嘀咕「說一句明天再說有這麼難嗎？」可看正賢愣愣地站著，眼神飄忽不定，她更確信他在隱瞞什麼。正賢疑惑地看向一聲不吭的她。

「那就等一下吧。」

最後還是她開口讓步了，然而，正賢看起來還是一臉為難。

「要不……讓我看一眼嫌疑人再走？」

沒等正賢開口拒絕，勢賢搶先提出建議。

「不會占用太多時間，一下子就好。」

正賢還是那副猶豫不決的神情，整理著凌亂的頭髮。他現在在想什麼都清清楚楚寫在臉上，讓人猜不透他是根本沒有隱瞞的意思，還是想藉由這種模擬兩可的態度暗示自己該知難而退。平常待人禮貌又沉穩的他，今天卻像築起一道無形的牆。

「嫌疑人什麼都不肯說，我們正在讓他冷靜，現在不方便單獨交談。」

「那我在外面看他一眼就好。」

今天格外執著的勢賢讓正賢感到不太對勁，不自覺地與她拉開距離。勢賢在警署的身分還不如嫌犯，她只能緊抓著正賢，希望他能通融。苦惱許久的正賢無可奈何地讓出一條路。

「知道了，走這邊。」

勢賢跟在正賢後面，不滿地盯著他的背影。手指隱隱發癢，她又習慣性啃起指甲。窗外的夏夜夜空漆黑一片，靜謐無聲，唯有幾隻撞上燈管的飛蟲發出微弱的振翅聲迴盪在走廊裡。當她看見審訊室的牌子，一股難以言喻的不安從腳底竄上來，她幾乎窒息。正賢推開門，她側身擠進室內，目光落在嫌疑人臉上，瞬間腿軟。

「科長！妳還好嗎？」

正賢著急詢問，勢賢扶著牆慢慢站起來。她這才發現自己不知何時握緊了拳頭，指節已經腫脹泛紅。她費力地鬆開手指，血液瞬間回流，麻意直竄整條手臂。

「有沒有受傷？」

勢賢低著頭，沒看見對方的表情，不過從語氣裡能聽出他的關心是真誠的。

「我想看看案件紀錄。」

「嗯？什麼案件？」

「你在電話裡說的分屍案。」

正賢立刻提高警覺，確認走廊上沒人後迅速將勢賢拉進重案組辦公室。他顯得焦躁不安，彷彿被什麼人追趕。他壓低聲音對勢賢說：

「最好不要在外面提起過去的案件。」

「有什麼問題嗎？」

「倒不是問題，只是……」

他眼神閃爍，彷彿在逃避什麼，勢賢見狀，臉上不自覺揚起若有似無的微笑。她腦海中浮現了幾種他對過去的分屍案如此敏感的可能原因。

勢賢先裝出不悅，正賢驚慌失措地後退兩三步。他的視線在勢賢臉上游移，眼底卻藏不住壓抑著的不安。

「反正這裡的人都知道那案件，為什麼要這麼神祕？」

「這個……因為現在有更重要的案件要處理。我身為組長，這時候分心關注其他案件不太適合。」

「真的只有這個原因？」

果斷地打斷了正賢的辯解。似乎擔心勢賢的音量，正賢頻頻回頭看向重案組辦公室的門。

「明明是刑警你自己說想破那起案件，才來找我幫忙的。」

「我嗎？那起懸案？不是那樣的，我只是……我只是覺得查過去的案件或許會有幫助。說不定那天那個男人……」

正賢急忙摀住嘴。就算是小小的失言，他的反應未免太過激烈，就像驚天祕密被拆穿了一樣，屏住呼吸。

「那個男人是誰？」

這時候勢賢才察覺，正賢嚇壞了，不知所措的模樣透露出他迫切需要幫忙。勢賢不動聲色地靠近，在他耳邊低語道：

「我是法醫，每天都在傾聽死者的心聲，所以聽活人的故事根本不算什麼。」

正賢避開勢賢仰望自己的視線，慌亂地後退，一屁股跌坐在椅子上。他吐出憋了許久的氣，雙手摀住臉龐，而從指縫中透出的視線，卻定格在桌上那盤早已涼透軟爛的辣炒年糕上。

「我聞到辣炒年糕的味道偶爾會覺得噁心。」

話說到一半，他急忙蓋上塑膠盒，想隔絕味道。不過這還不夠，他又把盒子裝進塑膠袋，勒緊了袋口。

「當時……就不該遇見那個人……」

勢賢努力擺出自己最溫和的表情。儘管她對這冗長的告解開場白興趣缺缺。

「那個人……是指剛才說的那個男人嗎？」

「不，是我姊。」

據勢賢所知，正賢明明是獨生子，是法官父母的唯一寶貝兒子，現在居然冒出個神祕的姊姊？這種情況十之八九是父母其中一方婚外情。彷彿是個很有趣的八卦。

「應該說……不知道是不是我姊的人。」

然後呢？勢賢好不容易忍住這句話，正賢說話總是夾雜著不必要的沉默，害她幾乎要失去耐心。正賢終於像是下定決心似的，嚴肅地站起來。由於身材高大，燈光從他背後照來，他整張臉籠罩在陰影中。

「二十一年前，我曾經見過分屍案的凶手。」

從左耳開始的耳鳴彷彿要穿透大腦般猛烈地轟鳴。正賢見過調均？二十一年前，他究竟在哪裡見過他？難道說正賢其實是個隱藏的目擊者？鋪天蓋地的疑問壓得她幾乎喘不過氣，天旋地轉。醫生曾建議她要減少壓力來源，但若這種意外的變數再多發生幾次，她恐怕真會因壓力過大而暴斃。

對上正賢的眼睛。他的眼神依舊充滿矛盾，不知該落在哪裡，但比起還在拉扯的理智，他的身體反應更為誠實且迅速。他將整理得井井有條的文件夾遞給勢賢，並立即道歉。

「抱歉，我無意造成妳的壓力。身為刑警，說出這樣的話或許不太合適，不過老實說，這次能抓到嫌疑人全是因為有妳的幫忙，只靠我自己，根本辦不到。」

一拿到文件夾就感受到沉重的重量，每張紙頁之間都整齊地貼著便利貼，正如正賢一貫的細心作風。勢賢意外地接過資料，點點頭算是表達了感謝。

「所以我想拜託妳一件事，這次事件解決後，我打算重新調查過去的懸案。到時希望妳能幫我。」

勢賢微微歪頭，沒有立即回應，正好後口袋中的手機震動，正賢迅速接起電話。勢賢覺得腦子快要炸了，她只想趁現在離開。趁著正賢接電話的空檔，她輕輕擦過他的肩膀，快步走出辦公室，搭上電梯。然而，就在門即將關上時，一隻手突然伸進來，強行撐開電梯門。

「那個我好像還沒跟妳說……今天真的謝謝妳。」

正賢跟上來，稍微平復了呼吸，笑著開口。他努力笑得更燦爛，但那抿起的嘴角卻讓勢賢感覺自己被逼到死角。她勉強回以一笑，手卻不停地狂按關門鍵。在電梯闔上的最後一秒，正賢還在揮手道別。門一關上，勢賢的表情瞬間變冷，她迅速將文件夾塞進包裡，電梯門一開，她大步邁出，越走越快，快到她開始擔心自己會不會絆倒自己，不過她不打算減速。

回到車裡，她喘著粗氣，早知道會這麼奔波，昨天就不該續約健身房會員。從後門離開時，剛剛檢查過證件的警察站在一旁，恭敬地行了個禮，當作問候。

開在已經滾瓜爛熟的路上，勢賢轉動方向盤時一眼看到那家缺了字的烤肉店招牌在昏暗的燈光中閃爍。她停好車，又確認一次車門是否鎖緊，隨後打開剛拿到的文件夾。

和朋友一起去露營的死者被埋在河岸邊的草叢裡。勢賢才翻開第一頁，眼前就一陣發黑，只能用手指一個字一個字地讀。

托著下巴的左手好似飄來一股腥濁的血腥味。那時候是十月嗎？難怪太陽下山後，手變得那麼冰冷。勢賢正要翻到下一頁，目光卻落在自己握著紙張的手指上。

當時將沾滿鮮血的手套在河水中沖洗，原本鬆垮的手套瞬間貼合在肌膚上，削瘦的手指線條展露無遺。那一刻的畫面浮現在腦海，勢賢無力地翻過下一頁，視線快速掃過紙張上的內容，隨即把文件重新塞回膝上的文件夾。

光滑的塑膠封套裡，冰冷的紙張透出寒意。幾頁A4紙宛如壓碎膝蓋的鐵塊，壓在勢賢身上。是罪惡的重量。

照片中，地面上突兀隆起的鐵水桶，宛如墳墓般掩蓋著屍體。後面的內容其實不用再看了。即使是多年前的事，對勢賢來說，回憶自己親手掩埋的屍體並非難事。

「鄭正賢？」

正賢靜靜地低下頭，恭敬交握的雙手卻微微顫抖。

「你叫鄭正賢，對吧？」

男人假裝碰了碰他掛在脖子上的證件，冷不妨用力一扯，導致他重心不穩，身體猛然向前倒去。

「要確定名字，我才能投訴，不是嗎？我說的對吧？」

男人剛鬧完一場，火氣還沒消，硬是抓著正賢的衣領不放。正賢的短袖襯衫兩顆扣子被扯落，滾到地上，不知去向。

「請冷靜一點。」

看不下去的錫宇制止男人的動作，誰知對方像是等這一刻等了很久，立刻破口大罵，對錫宇指手畫腳。他毫無倦意的吼聲震耳欲聾，正賢耳朵疼得想皺眉頭，但他知道自己絕對不能表露出來，只能任由對方咆哮、發脾氣，就像被踢翻的垃圾桶一樣，動也不動地靠著牆。

這次被警方鎖定並逮捕的嫌疑人，是湧泉當地有名的文化基金會負責人，算是地方仕紳。他從事農樂[7]相關事業，名下有不少卡車和廂型車，而案發當天開車的正是他兒子。

繼承父親事業，在校內擔任社團社長的兒子表示，案發前一天已經把車停好，隔天一早帶著社員，將樂器裝上車去鄉村當志工。兒子與社員主動提供證詞，其中一名學生拿出當天從早到晚拍攝的旅遊影片作為證據，全力為男人洗刷冤屈。

證明男人清白的證據一天天增加，最後行車紀錄器的一通通話紀錄成功證明男人當時不在場，整件事告一段落。正賢最後放了他，然而，男人的怒火絲毫未減，無論怎麼安撫都只是火上加油。就在男人氣勢洶洶地逼近，厚重的手掌幾乎要揮到臉上時，正賢下意識閉上眼睛。

「我現在就算賞你一巴掌，然後被說妨害公務，抓去關，也沒有什麼可損失的，知道嗎？警察都是這麼辦案的嗎？竟然把我這種安分守己、繳稅守法的良好市民當成罪犯？」

「對不起。」

數不清是第幾次道歉，只要男人能消氣，就算道歉到天亮也無所謂。那名男子仍不斷向正賢發火，可還是無法平息憤怒，索性將桌上整理好的文件全掃到地上，將辦公室攪得天翻地覆後才離開警署。

明明再三拜託他至少在明早之前不要和媒體接觸，還特意送他從後門離開。他一看到正門前圍繞的記者群就迫不及待似地衝過去。他雙手緊握記者遞來的麥克風，聲嘶力竭地在警署門口痛罵警方。

平時一向對任何事無動於衷的赫根，這次也被記者們瘋狂閃爍的閃光燈嚇到急忙拉上窗

7　朝鮮傳統民俗音樂的一種。

簾。正賢蹲在一片凌亂的辦公室地板上，一張張撿起被扔得四處散落的紙張。

「簡報還是由組長負責吧。」

赫根一副事不關己的樣子地說。正賢抱著滿滿的資料，尷尬地站起來。

「本來不是應該由署長主持的嗎？」

「現在搞成這樣，你還想把責任推給別人？」

赫根冷冷瞪了正賢一眼，一把奪走他手中的資料，回到自己的座位。正賢焦急喊住他：

「那個……張刑警……」

「拜託你先離開吧，好嗎？明天要看監視器也好，去現場調查也好，親自去抓犯人也好，隨便你。但至少今天，你身為組長，你應該要親自收拾這爛攤子吧？」

赫根眼神中滿是不耐，看來連與正賢共處一室都難以忍受。他將手中的資料狠狠摔在桌上，一腳踹門離去。正賢獨自站在辦公室中央，望著敞開的門。旁觀許久的錫宇沉默地回到座位。椅輪和地板摩擦聲響徹整間辦公室。

正賢倚靠著牆坐下，呆望會議室的門。風從掉了鈕扣的衣領縫隙鑽入，他才趕緊整理衣服。這時旁邊有人坐下，他轉頭一看。

「穿上這個吧。」

「徐科長？」

勢賢突然出現，正賢整理衣服的手僵在半空中。她拿著一件寬大的黑色風衣，環顧四周，驚訝地問：

「其他人呢？」

「啊……他們說簡報開始時再來。」

「該不會要你一個人上去吧？」

「不是那樣的，不過妳怎麼又來了？」

勢賢指著正賢皺巴巴的衣領，又指了手中的風衣說道：

「我想順便還你資料。」

「這麼快就看完了？」

「聽說那個人不是嫌疑人。我擔心會造成你的困擾，所以馬上拿來還。」

勢賢把沉重的帆布包和外套一起塞到正賢手裡。

「……謝謝。」

正賢道謝後便沉默了。方才還滿懷熱忱，誓言要調查陳年懸案的他，如今卻失去所有笑意，嘴角動都不動。

「你沒必要親自做簡報。」

勢賢看他只是反覆撫弄紙張，低聲提醒道。

「鄭刑警？該進去了。」

會議室的門開了，一名身穿警察制服，看起來稚氣未脫的女人探頭說。

「不，這次我必須親自去。我不想再後悔了。」

正賢語氣平靜地說完，便邁步走向會議室。他披上勢賢給的外套，拉上拉鍊時，一股熟悉的清爽香氣撲鼻而來。是她常用的香水。他有股想回頭看的衝動，不過還沒動作，會議室的門就已經打開。相機快門聲頓時此起彼落，吵得他耳朵疼。儘管警署內兩台冷氣開得極強，然而在閃光燈的炙烤和壓力的夾攻下，他的後背滲出一層冷汗。正賢逼自己不去看旁邊的記者，照著腦海裡模擬過無數次的步驟，穩穩地走上講台，調整麥克風，正式開始簡報。

「大家好，我是湧泉警署重案組組長，警衛鄭正賢。首先我想向案件受害者及其家屬致上深切的哀悼，接下來我將向各位說明本案目前的調查進度。」

他每深吸一口氣，快門聲就變得更大。這些內容他早就背得滾瓜爛熟，然而，不知怎麼回事，他還是無法鼓起勇氣直視前方，只能低著頭繼續說。

「首先是國科搜的鑑定結果。目前我們已在現場證物和死者隨身物品中發現ＤＮＡ證據，正在進行調查。接下來是今後的調查計畫。七月十七日和七月十九日發現的兩具屍體上檢測出相同的ＤＮＡ證據，警方已確認為同一名凶手所為。我們湧泉警署重案組將成立專案小組，並與京畿南部警察廳廣域搜查隊及外部專家聯手，全力推進後續調查。此外，我們也會請國科搜進行ＤＮＡ追加鑑定，並透過監視器畫面比對與追加目擊者證詞，進行更徹底的調查。最後，再次向受害者及其家屬致上最深的哀悼，同時也向今日接受偵訊，心理受到衝擊的相關人士，表達誠摯的謝意。記者會到此結束。謝謝大家。」

正賢向旁邊挪了一步，九十度鞠躬。就在他低頭的瞬間，迎來閃光燈的洗禮。這麼多人聚集在此卻只是為了聽這些空洞又制式的發言，想到這裡就讓他無力。事實上，相較於剛才他機械背誦的那些話，實際調查的進展更加不堪。

直到今天成功鎖定嫌疑人之前，正賢所做的不過是前往現場調查、回來後檢視證物清單、尋找新的目擊者，還有向署長報告。而這場記者會只是局長確定嫌疑人後一時興起的主意。到頭來，責任還是由正賢來承擔。

「既然發現了ＤＮＡ證據，為什麼還沒查出嫌疑犯的真實身分？」

一個洪亮的聲音從遠處傳來，響徹整個會議室。這場記者會已明確宣布不開放問答環節。正賢錯愕地朝一旁的巡警使眼色，巡警也滿臉困惑，顯然他也不知情。正賢重新調整麥克風的高度，不巧發出刺耳的雜音。他只好彎下身體，結結巴巴，想到什麼就說什麼。

「ＤＮＡ證據並不完全……呃，不對，不能只依賴這一點辦案。」

「那有發現其他相關案件嗎？」

「能具體說明警方掌握了什麼證據嗎？」

在閃光燈的狂轟濫炸與四面八方湧來的記者提問下，正賢的思緒逐漸變得混亂。

「是指紋。」

勢賢搶過麥克風，移到一旁，喇叭中傳來比剛剛更刺耳的聲音，不過她完全不為所動，繼續說：

「媒體請勿對案件進行過度揣測，這將有助日後的調查與保護受害者。」

勢賢向驚慌失措的正賢做個手勢，讓他退後，隨後迅速調整麥克風，站上了講台。

「我是首爾科學搜查研究所法醫調查科科長，徐勢賢。負責相驗。關於湧泉兩起案件的法醫鑑定問題，接下來由我回答。」

「剛剛提到發現了指紋，那麼現在有找到匹配的對象？」

「發現指紋並不代表能馬上破案。這次的屍體長時間暴露野外，又受到下雨等天候影響，因此我們必須考慮指紋可能受到污染的問題，還在進一步調查中。」

勢賢對每個問題都應對自如，就像事先準備好一樣，會議室內原本的騷動漸漸平息，只剩下間歇響起的相機快門聲，氣氛變得穩定。

「請問妳聽過『裁縫師』這個稱呼嗎？」

勢賢剛要回答，卻在瞬間頓住。

「裁縫師？」

她不禁失笑，另一名記者彷彿早已等候多時，迅速跟進提問：

「請問屍體上出現縫線的原因是否已經查明？」

「凶手是否可能從事醫療行業？」

「第一名死者是勤奮踏實，即將畢業的大學生。」

勢賢冷冷地打斷提問，會議室瞬間靜得連快門聲都消失無蹤。

「我說過我是負責本案相驗的法醫。這是我從業以來心理上最為煎熬的一次，因此請不要輕率地使用這類詞彙，也請避免毫無根據的揣測。如果是真心關心死者，請從現在開始，避免使用煽動性詞語，無端美化凶手的行為。」

勢賢的最後一句話就像壓垮水庫的最後一根稻草，現場氣氛瞬間如洪水般炸開。嘈雜的聲音和接連不斷的提問交織，會議室亂成一團。她說完後，不悅地皺眉走下台，直接離開會議室。正賢本想追上去，卻被記者一連串的問題絆住腳步。

「是否有共犯的可能性？」

「這個……目前尚未確認。」

「那有目擊者嗎？」

「就目前的情況來看……」

正賢感覺有人拉了自己一下，轉頭一看，是巡警正朝他擺手示意停止作答。

「今後的調查進度，湧泉警署重案組將會進一步詳細說明。」

正賢迅速跳下講台，急忙走到外面。腦子裡不停地回想剛剛的發言，想確認有沒有說錯話，不過四周吵雜的聲音讓他無法專注。

「刑警！」

被突然拉住手臂的力道嚇一跳，正賢叫出聲。

「辛苦了。」

負責主持簡報的巡警點頭致意。

「沒什麼。你有看到一起參加簡報的國科搜徐勢賢科長嗎？」

「啊，那位科長嗎？她好像下樓了。」

巡警指了指電梯，正賢點頭道謝後快步跑向樓梯。剛剛的記者會本來可能混亂收場，還好勢賢反應快才得以順利結束。正賢環顧大廳四周，沒發現她，直接朝通往後門的地下通道走去，幸好在後門不遠處看見勢賢慢悠悠走著的背影。

「徐科長，請等一下！」

衝到勢賢面前的正賢說到一半停了下來。

「是要說謝謝嗎？」

「咦？啊，對，謝謝。多虧了妳，簡報才能順利結束。還有衣服，我之後會洗好再還給妳。」

「我應該不是多管閒事吧？」

「不會的。妳真的幫了大忙。就算出了什麼事，妳剛才說的話，我會全權負責的。」

看著還在喘息的正賢，勢賢忍不住輕哼一聲。

「連記者會的稿子都沒背熟，還說要負責？」

「那是……記者會太突然了，我太緊張……」

正賢結巴地努力解釋，然而，勢賢一臉不耐煩地搖了搖頭。

「知道了，快回去吧。」

勢賢說完正想瀟灑離去，正賢卻急忙從後面攔住她。

「啊！對了，妳怎麼知道死者個資的？」

「什麼？」

「就是妳簡報時提到的畢業的事情。」

「之前在出租套房的時候，不是你告訴我的嗎？」

正賢對勢賢意想不到的回答感到困惑。即使最近忙得焦頭爛額，他也不至於粗心到洩漏死者個資。

「啊，不對。是我剛才上來的時候，在警署電梯裡聽到的。」

勢賢的反應太過平淡，讓正賢想追問卻又不得不閉上嘴。他從以前就覺得奇怪，勢賢貌似對案件無所不知。說實話，她比重案組組員們還要清楚細節。

「要我送妳回去嗎？」

為了緩解突然凝結的氣氛，正賢又開口攀談，不過勢賢明確回絕，劃清了界線。

勢賢是唯一一個正賢傾訴了至今無法對任何人說出的祕密的對象，但他還是無法輕鬆與她相處。然而，不管怎樣，此刻正賢能依靠的人只有她。看著勢賢漸行漸遠的背影，正賢不由自主地揮手，即使明知她絕不會回頭。

7月21日

勢賢捂住鼻子繼續往前走，不知道哪裡飄來的腥臭味讓她忍不住蹙眉。或許是夜晚下過雨的緣故，每走一步都深陷泥濘之中，鞋底也沾滿了髒汙的泥漿。

勢賢加快腳步卻一時失去平衡，重重跌坐在地。溼漉漉的感覺瞬間滲透整條褲子，使本就鬱悶的心情更加煩悶。她撐著地面勉強站起卻因手掌觸及某種異樣觸感，不由得低頭望去。

地上有一個附有把手的大型藍色水桶，那陣刺鼻的腥臭味似乎就是從那裡傳出來的。越是靠近，氣味就越濃烈。她低下頭想要仔細查看，一股令人作嘔的酸臭味立刻撲鼻而來。

就在勢賢準備站起身時，她對上一雙圓睜的魚眼。魚鰓還在拚命開合著，像是想要吸取泥濘中積存的濁水。出於好奇，她伸手探進水桶裡，抓出一把桶中物攤開在掌心。彷彿還殘存生命力的魚頭在她掌心中掙扎跳動。

一陣窸窣聲引起她的注意，轉頭望去，只見一雙手臂詭異地向後彎折，宛如摺紙般。勢賢直直盯著朝自己微笑的男人，突然間，溫熱的血濺到臉上，她抬手想擦去眼角那令人不適的觸感，愕然發現手掌不知何時已經沾滿了血。

不知何處傳來刺耳的聲音，嚇得勢賢手中的東西全都散落在地。她摸索著想把魚重新撿回桶裡，卻感覺一隻陌生的手伸了過來。

乾癟如樹皮的手掌、像塑膠般鬆垮的小腿、如怪獸張大利齒般的肋骨，這一切讓勢賢想逃，雙腿卻不聽使喚。她感到頭一陣劇痛，猛然睜開雙眼。

正想掏出手機查看時間，左肩卻忽然一陣刺痛。她條件反射地捂住手臂。視線一時變得模糊，蓋在頭上的衣服一下子滑落。昨晚因為不想獨自待在尚未整理好的寬敞房子裡過夜，她把車停在警署附近，靠著車窗小睡。然而，經歷了一場詭異的夢境後，她反而覺得比入睡前還要疲憊。

揉著因不當睡姿而酸痛的肩膀，隨後點開手機。新聞首頁毫無懸念地被記者會占滿版面。在這座向來風平浪靜的城市裡發生重大刑案，「湧泉市驚現屍體」的新聞在不到二十四小時就成為媒體焦點。有些報導放了她的照片，有些報導以她的發言下標題。照片中她充血的雙眼看起來讓人心疼，倒是為報導增添幾分悲戚的氛圍。想想也不錯。

「裁縫師」這名字不知道是誰取的，是個絕妙的創意。仔細想想，那些縫線不是為了縫合，而是用來標示器官的位置，與其稱那人為「醫生」，稱作「裁縫師」確實更貼切。諷刺的是，自從勢賢警告，要大家不要再使用這個名字後，這三個字反而更快地流傳開來。畢竟這年頭，人們早就習慣了這類獵奇性的資訊刺激，回不去了。

她本無需出席那場記者會，之所以現身，完全是因為昨天正賢說的話讓她震驚與不安。雖說事情還有許多細節待查，然而，僅是得知除了自己以外，還有人在找調均這一點，就足以對她構成致命威脅。

勢賢實在想不到還有什麼辦法能找到調均，於是決定以自己為餌，綁在釣竿上拋出。調均這個人極度渴望受到關注。他對與自己有關的案子極其敏感，一定會睜大雙眼仔細搜尋每一個細節。記者會的影片，想必他也看過了。

為了徹底易容，勢賢做了隆鼻手術，紋了眉。之後又為了調整臉型，不僅拔掉所有智齒，還做了牙齒矯正。如今她臉上已看不出童年的模樣，只剩下那些藏在衣物下，皮膚上的疤痕。但若是調均，定能一眼認出她，就像她在相驗室看到那些刀傷時，第一個就想到了他。

勢賢翻找副駕駛座前方的抽屜，拿出檢驗員放進去的堅果棒，咬了一大口。儘管她吃不出任何味道，然而，胃裡那難以忍受的空虛感，迫使她盡可能多嚼幾下才吞下去。勢賢下車走向警署時，驚訝地從窗戶玻璃的倒影中看見自己的憔悴模樣。

兩側的頭髮亂翹，後腦勺不知沾到什麼，髮絲凌亂地纏在一起。大概是剛剛撞到頭的衝擊所致，左眼的微血管破裂，她的眼神格外駭人。

勢賢用力將及肩中長髮壓平，撥到耳後。整理好碎髮後，為了讓整體看起來更俐落，她紮了個低馬尾髮型，再將上衣全部塞進褲子裡，把隨意踩著的鞋跟拉正，重新繫好鞋帶。即使如此，她仍無法擺脫那股邋遢感。天氣炎熱，她還是從車裡拿出一件黑色襯衫，捲袖披上。

幸好昨天凌晨擠滿的電視台轉播車撤了不少。可能是昨天那名喊冤的男人的採訪造成了不小的影響，整個湧泉警署從大門口就籠罩在一片低氣壓中。勢賢低調地跟著剛從警車下來、身著制服的警察走進去。

一通過正門，勢賢就迅速將事先準備好的證件掛在脖子上。雖然發證單位不同，不過樣式相似，不仔細看，外觀與警察證件相差不遠。

清晨的警署內部顯得格外冷清，然而，謹慎行事總是沒錯。勢賢已經完全掌握了湧泉警署的內部格局，自然地準備搭電梯前往重案組。就在這時，有人從背後粗魯地抓住她的手臂，害她險些摔倒。

突如其來的威脅讓勢賢一時沒反應過來，她環顧四周，試圖了解情況。最先映入眼簾的是一名中年女性含淚的雙眼，緊接著一股嗆人的氣味竄入鼻腔。是宿醉後酒精尚未完全分解的氣味，還夾雜著濃重的汗臭味。

一名看起來與那名女性年紀相仿的男人，正緊抓著勢賢的肩膀。這種情況可不多見，即使她花了點時間冷靜地評估形勢，她第一個反應仍是冷漠地甩開了那男人的手。

「警官，請幫幫我們。」

勢賢沒料到自己過度謹慎的舉動反而引來了麻煩。那男人顯然是看見她掛著證件，誤以為她是警察而求助。勢賢微微皺眉，快速地掃視了一圈警署內部情況。

「請不要在這裡這樣。去那邊的民眾服務中心等一下，我馬上派人過去。」

「昨天也是這麼說的，我們在民眾服務中心乾等好幾個小時，失望地回了家。」

這裡究竟是怎麼辦事的？沒想到自己不巧用了某個湧泉警署的懶惰警員用過的伎倆。她不耐煩地嘆氣。因為不想弄亂整齊紮起的頭髮而盡量克制大動作，可是從車上就開始的頭痛越來越嚴重，她的頭不自覺往下垂。

不知是否預算不足而無法在大廳安裝空調，勢賢站的地方因為緊閉的玻璃門，空氣不流通，悶得讓人透不過氣。她額頭上滲出冷汗，身體也開始微微顫抖。這可不是好徵兆。

「總之，請先進去等。」

一陣陣襲來的頭痛毫無消退的跡象，每當移動下巴就會變得更加劇烈。原本扶著頭的勢賢乾脆摀住雙眼，低下了頭。

「警察怎麼可以這樣對我們。」

看不下去勢賢的防備態度，女人抓住她的手臂開始搖晃。勢賢被突如其來的接觸嚇到，掙脫開女人的手，低聲警告道：

「不要碰我。」

換作平時，她本會禮貌地應對這種情況，不過此刻神經異常敏感。那活生生的生命觸碰她的皮膚時，勢賢完全失控。

「妳這麼寶貝自己的身體，為什麼不管我的女兒？」

女人不甘示弱地撲向勢賢，揪住她的衣領放聲大喊。騷動引來了大批圍觀人群，他們就像茂密的針葉林般擠滿大廳。女人張口怒吼時，舌頭隱約可見，就像夢中那團血肉一樣，正不停地舔舐著她。

又不知從哪裡散發出腥臭味，勢賢的臉色驟然蒼白，幾乎失去血色，雙手也開始顫抖不已。

她習慣性地啃咬指甲，撕開還未痊癒的指肉，裂開的傷口中滲出血珠。按理說，這種程度的自殘應該能讓她感覺好些，然而，胸悶只是變本加厲，感覺自己下一秒就會倒地。

「抱歉，久等了。」

不知從何處傳來熟悉的聲音，就像有人在背後用力拍掌一樣，讓她瞬間回過神來。正賢動作流暢地擋在那女人面前，將勢賢完全藏在自己身後。勢賢這才能夠平復紊亂的呼吸。

「昨天因為突發狀況不得不急著走，來不及事先告訴妳。天氣很熱，先進去吧。」

看熱鬧的群眾見情況平息，索然無味，紛紛散去。正賢將那兩人帶去刑事支援組後，立刻趕回大廳關切勢賢的情況。

「妳還好嗎？」

勢賢茫然地站在原地，只是點了點頭。她不斷地撫摸剛剛被那女人觸碰過的地方，努力讓心情平靜下來，然而，那並不如想像得那麼容易。察覺到她的敏感狀態，正賢體貼地拉開兩人的距離。

「拿去，喝點水。」

勢賢大口灌下正賢遞來的水，語氣尖銳地質問：

「那些人是誰？」

「妳沒受傷吧？」

「我問你他們是誰？」

「第二位死者的遺屬。因為在案發現場發現死者的隨身物品，他們來過好幾次了……妳真的沒事吧？」

正賢貌似很在意勢賢凌亂的襯衫，邊問邊小心翼翼地用指尖替她拍打整理。勢賢仍未平復的情緒，加上對正賢這隨意的舉動感到不快，神經質地回應：

「我沒事。」

正賢尷尬地笑著，接過被捏得變形的空水瓶。勢賢這才注意到他的表情，立刻換了語氣：

「你還好嗎？」

「啊，還好。聽說要開懲戒委員會了，大概會被減薪吧。」

正賢語氣平淡地說著，邁開腳步，勢賢自然地走到他身旁，與他並肩而行。太陽被山擋住，整個停車場籠罩在透著涼意的早晨空氣中。兩人就這樣默默地往正門方向走去。想起剛才自己失控的模樣被他發現，心情不快的勢賢先開了口：

「我本來是要去看第二起案發現場的，途中順道來看看你，沒想到反而鬧出這場亂子。」

「真的嗎？謝謝妳的關心。我真的沒事。其實我一直覺得昨天可能造成妳不必要的困擾，很過意不去。」

「我雖然不像你到處辦案調查，不過這點小事我還是能處理的。等這個案子告一段落，我們再討論那些懸案吧。」

「好的，非常謝謝妳的關心。」

「要不要一起去案發現場看看？」

「啊，我早上有會議，結束後就立刻趕過去會合。」

正賢的嘴角揚起一如往常的微笑，勢賢勉強回以微笑，走向自己的車。她察覺到有動靜，回頭一看，原以為已經進去的正賢，不知何時又悄悄地站在自己身旁，看起來侷促不安。

「徐科長！那個……今天的事不要太放在心上。我以前也試著去理解遺屬們的心情，不過後來我發現想要完全理解自己沒有經歷過的痛苦，或許是一種傲慢。總之，那時我想到了一個方法，妳要不要試試看？」

他觀察了勢賢的反應，隨後用篤定的語氣一字一句地說：

「無法理解也沒關係，只要接受就好。」

勢賢歪頭，像在質疑這句話的意思。面對對方冷淡的反應，正賢急忙低下頭掩飾自己發燙的臉龐，快步跑回警署。勢賢看著他的背影，只覺得又無奈又荒謬，到底是誰該擔心誰？她轉移視線避開湧上的不快，坐進了車裡。

經過正門等待紅綠燈時，她看見斑馬線上一張熟悉的臉孔。是方才在警署鬧事的遺屬。她靜靜地看著對方的圍巾隨風飄動，直到她覺得距離已經足夠，便踩下油門，帶著威脅意味地按下喇叭。

被暴衝的車輛嚇到，女人狼狽摔在斑馬線上。勢賢則優雅地變換車道，右轉離去。輪胎與地面摩擦的刺耳聲響中，依稀傳來那女人的啜泣聲。

駛離後，她將所有車窗都打開，再加速。沉重潮溼的夏風恆意地撫過她的髮絲，她不允許自己因無謂的憂慮錯失這絕佳機會。現在媒體的矛頭對準了湧泉警署，重案組被迫從頭查起。

現在是她行動的最佳時機。她握緊方向盤，指尖隨著街頭流洩出的旋律節拍輕快地敲動。

正賢一踏進辦公室，裡面彷彿約好了般，瞬間鴉雀無聲。各種思緒在腦中盤旋，他煩躁不已，不禁嘆了一口氣。坐在寬大辦公桌旁的昌鎮和錫宇同時別開頭。時間分秒流逝，始終沒人願意打破這份沉默，正賢只能無奈開口。

「這次的事我會負責。雖然不太清楚負責到底代表著什麼，反正大家都不太在意。無論如何，這起案子是我們組的，而我是組長，我會繼續追查。即使各位不情願，我也希望你們明白必須配合這一點。」

儘管他下定決心說出這番話，重案組依舊無人回應。正賢選擇無視這份冷漠的氣氛，再次問道：

「廣域搜查隊那邊的情況如何？」

「目前還不清楚。」

赫根終於用冷冰冰的語氣回答道。

「那麼署長怎麼說？」

正賢的聲音聽起來毫無力氣。錫宇憐憫看著他，然而一對上赫根犀利的目光就立即低下頭。

「我們哪知道？一直以來組長你不都獨自處理得很好嗎？那就繼續保持這樣不就得了，有什麼好煩惱的？」

赫根神經質地起身走到昌鎮身邊。兩人懶散地坐在椅子上開始閒聊。夾在中間的錫宇小心翼翼地觀察著氣氛，悄悄地回到自己的座位上。正賢低頭看著自己孤零零站立的雙腳，四面八方都是懸崖，不管踏出哪一步，結果都一樣，那也沒必要猶豫了。

「現在已經有兩名受害者了。」

「這個大家都清楚，不過不管我們怎麼努力查，最後廣搜隊一來，還不是會接手。」

昌鎮像往常一樣大聲嘲諷正賢的看法。然而，正賢不為所動，繼續說道：

「這是一起連環殺人案。各位都很清楚，用這樣消極的態度是無法解決的。」

「這句話太不經大腦了吧。幹嘛老把案件往壞的方向解讀？」

「按照調查實務規定，當一個月內出現兩名以上的受害者，且能夠預見犯罪行為將持續發生時，就得將其認定為連環殺人案調查。為什麼大家都裝作沒這回事？」

「問題是沒有證據啊！不就是因為沒有證據就貿然調查，才變成現在這樣嗎？」

赫根怒吼，附和昌鎮的意見。他站起來時，椅子因反作用力，遠遠滑出。

「那你打算等下一個受害者來提供證據嗎？」

正賢強忍著怒意發問。語氣雖平靜，但挺直的脖頸表明他不打算對任何人讓步。

「我哪時候說過那種話？」

赫根臉脹得通紅，氣勢洶洶地逼近，彷彿隨時都會動手。不過，正賢過去一直對赫根保持距離，並非出於懼怕。

「你到現在還沒搞清楚狀況？」

正賢寸步不讓，直視著朝自己逼近的赫根，沉聲道：

「那你倒是去看看刑事科那邊送來的其他案件證詞吧。有人害怕會在巷子裡遇到變態，連自家門前的巷子都不敢走。難道躲在家裡就安全了嗎？人們怕門鎖被撬開，連窗戶都得全部鎖死。」

赫根被正賢反常的態度嚇得猶豫了一下，然而，很快又開始大吵大鬧。正賢不想和他一樣吼叫，也不想靠著自己高出一截的身高壓制他。他一點不想助長赫根推崇的弱肉強食邏輯。

「對張赫根來說，明天和今天或許沒什麼不同，但對某些人來說，明天可能就是人生的最後一天。我們不就是為了防止這種事發生才當警察的嗎？」

正賢調整著呼吸，低沉而堅定地說完這句話。

「我要去案發現場。你們應該不打算一起去吧？那就看一下最近送來的案件吧。」

正賢覺得糾纏下去沒意義，身為組長，公私分明也就足夠了。走出辦公室後，因為心情煩亂，狠狠地抓了抓頭髮又放開。

他本就在擔心無辜的頭髮可能因壓力掉個精光，此刻身心俱疲，只想趕緊離開湧泉警署，直奔勢賢所在的案發現場。經過大廳時，中央那棵長得過於茂盛的盆栽葉片擋住了視線，他煩躁地撥開那些葉子，拿它們出氣。

「您好。」

這時有人從後面打招呼，嚇得正賢回頭。不知從何時起，站在那裡的一名巡警正尷尬地轉動眼珠，仔細一看，是昨天在會議室負責接待的那位巡警。他想起自己方才的幼稚舉動，臉瞬間發燙。

「呃……剛剛有隻蟲子黏在上面……」

正賢說不下去，這種拙劣的辯解只會讓自己更蠢，尷尬地笑著低下頭。

「你是重案組的刑警吧？」

「是的，有什麼事嗎？」

「重案組收到了一個包裹，收件人好像是昨天來的法醫科科長。能麻煩幫忙轉交嗎？」

「啊……好的，我知道了。」

接過箱子後他看了看收件地址，上頭清楚寫著「湧泉警署重案組」，奇怪的是，收件人是「徐勢賢」。他疑惑地上下晃動包裹，從大小和重量來看，像是書或筆記本之類的東西。他看了一眼大廳的時鐘，急忙離開了警署。

以角落那家烤肉店為中心分岔成三條的巷道上，警方已經拉起大範圍的封鎖線。在車輛管制區後方，電視台的採訪車排成一列，正賢囑咐守在封鎖線的義警擴大媒體車輛的管制範圍，隨後彎腰鑽過封鎖線進入現場。

在僅容兩人通過的窄巷裡，已經到達現場的科學搜查隊正在死者發現地點及其周邊採集一切可能成為證據的線索。正賢向幾位在警署碰過面的鑑識人員打招呼後，便將注意力放回案發現場。

發現屍體的當晚下著傾盆大雨，加上還要應付那些不顧管制、強行擠進窄巷的媒體車輛，正賢忙得不可開交。他深呼吸，整理混亂的思緒，下定決心一定要找出當時可能遺漏的線索。

正賢戴上剛剛在封鎖線附近拿到的矽膠手套，走向死者曾躺臥的電線桿附近。低頭撿起掉在地上的紙張時，突然聞到一陣清新的香氣，他不由自主地看向旁邊。

正賢與勢賢的視線相對，她的嘴雖被口罩遮住看不見，但她微微彎起的眼角讓正賢覺得她正對自己笑。

「開完會了？」

聽到親切的問候，正賢感覺自己的嘴角不自覺地想要上揚，連忙咬住下唇壓抑。

「是的，有新發現嗎？」

「事情一忙完就跑來，看來有許多想問的吧。等一下再聊。」

語氣雖平淡，不過勢賢的眼神中卻透著暖意。她朝科學搜查隊員聚集的地方走去，正賢想都沒想便快步跟上。

現場到處零散豎著編號牌，勢賢打開鑑識組帶來的黑色袋子，仔細檢視裡面的每一件物品。科學搜查隊隊員們全神貫注地聆聽著，深怕漏掉她說的任何一個字。正賢站在她身旁，檢視袋內的證物，視線不自覺地掃向勢賢的側臉。此刻專注於證物檢查的勢賢，與平時給人的感覺不太一樣。

勢賢迅速地從雜亂的垃圾堆中準確找出可能帶有死者生活痕跡的物品，完全展現了她傳聞中的實力。等勢賢完成工作離開後，正賢才終於將視線從她身上移開，轉向那些編號牌。

「天氣很熱吧？喝點水吧。」

正賢拿著一瓶五百毫升的礦泉水走向勢賢。她已經脫下防護衣，用髮帶緊束起頭髮，接過礦泉水後一口氣喝掉大半瓶。

「到底在看什麼熱鬧，怎麼這麼多人圍著？」

「誰知道，也不嫌熱。總之，辛苦了，再多喝點水吧。或者喝這個。」

正賢不著痕跡地拿出放在口袋裡的飲料。是來的路上在超商買的咖啡。

「不用了。」

勢賢一如既往地拒絕他的好意，疲憊卻嚴肅地說：

「這次的受害者很可能也是外地人。」

「怎麼說？」

「在包裡找到了遷入補助金的宣傳手冊。這項政策從今年開始修改補助內容，聽說在網路和實體進行了各種宣傳。如果向行政福利中心請求協助，應該很快就能查明受害者的身分。」

似乎對不停滑落的頭髮感到煩躁，勢賢粗魯地將它們撥到耳後，收拾起她帶來的裝備。

「妳要回國科搜嗎？」

「我打算留在這裡和他們一起分析證物，明天再回去。聽說警署已經暫時騰出了位置給科學搜查隊。」

「是的。我也聽說了。聽說廣域搜查隊會派人來。」

一時忘記的沉重現實再次湧上心頭，正賢的聲音頓時失去了活力。

「看你的反應，看來還沒有搜查隊的消息。」

「只能再等等看了。」

說完，正賢蹲在勢賢腳邊。這突如其來的舉動嚇到勢賢，用力踩住了在她腳邊動個不停的正賢的手。正賢痛得叫出聲。

「妳的鞋帶鬆了，而妳又戴著手套，我才想幫忙繫好。」

正賢想起不久前勢賢以彆扭的姿勢和鞋帶搏鬥的模樣，好心想幫忙，勢賢的表情卻變得殺氣騰騰。意識到自己可能多管閒事，正賢趕緊拍掉手上的泥土站起來。即便被勢賢踩過的手背已經紅了一大片，他也不想在這裡把氣氛弄得更僵，便將手藏到身後。

遠處傳來科學搜查隊員呼喚勢賢的聲音，正要離開的她舉手投足間仍殘留著冷漠的氣息。

「那個……今天工作結束後，能占用妳一點時間嗎？」

正賢匆忙攔住正要離開的勢賢，語氣中帶著幾分謹慎。然而，勢賢的態度依然冷淡疏離。最近因為和勢賢共處的時間變多，正賢自以為與她建立了些許交情，如今看來是他一廂情願。

遠處再次傳來科學搜查隊員急切的呼喚。

「我會聯絡你。晚上警署門口見。」

說完這句話的勢賢皺著眉頭，從正賢身旁走過。

勢賢毫不在意鞋上的泥土，直接坐進警車。正賢立刻關掉行車紀錄器。原以為因為白天發生的事會讓兩人之間多了隔閡，然而，除了勢賢更為沉重疲憊的眼皮外，兩人之間的氣氛倒是沒特別的變化。

「最近有再見過那個男人嗎？」

聽到這突如其來的問題，正賢愣愣地看向勢賢。勢賢的態度就像她早已鑽入了他的腦中，催促他說出那些她已知的事。

「你為什麼沒報警？」

「我報警了，也透過監視器查證了行動路線，不過沒有足夠的證據能確定就是那個男人。畢竟二十一年前我看到的只是他的背影，而且現在就連那段記憶都變得模糊了。」

「那你是怎麼認出他的？」

「那個男人頭顱中央貌似凹陷。從後面看的話，頭頂就像山脊一樣凹進去。」

勢賢若有所思地撫摸嘴唇。那是當年他與母親扭打時後仰跌倒，頭撞到桌角留下的傷痕。然而光憑這點，仍不足以判斷正賢究竟對調均知道多少。勢賢克制住手想掩住嘴角的衝動，追問：

「就只憑一個背影，你就這麼確定？」

「還有一股味道。小時候不懂，長大後才明白，那個人身上散發著人體體液混合後的氣味，就像今天這樣炎熱的夏天，牛奶放在室外變質時的酸臭味一樣，那股腥臭味濃烈到讓鼻子發麻，而且一沾上就會滲透到皮膚深處，久久不散。」

氣味。勢賢知道還有幾個地方也會散發那種氣味。醫院的太平間、相驗室或是殺人現場。那是一種標記。能辨識出與死亡關係密切之人的標記。勢賢突然好奇自己身上是否也帶著那股味道。

正賢調整副駕駛座的空調方向，讓冷風吹向勢賢，然後從口袋裡掏出小冊子遞給她。

「妳可能會覺得這些話很可笑，可是，我相信我的直覺沒錯。我認為現在發生的兩起案件與過去懸案很可能有關聯。所以昨晚，我整理了所有分屍案的相關資料。目前找到的有四起：一九九九年七月下龍、九月始興，二〇〇〇年十月西平澤，最後是二〇〇二年湧泉。這四個地方都在西海岸高速公路沿線。」

勢賢仔細翻閱正賢工整的筆記，翻到下一頁，發現連今天調查的內容也已經整理清楚。正賢可能是覺得不好意思，急忙想收回小冊子，並觀察了勢賢的反應。

「所以呢？」

「單純說是巧合不覺得很奇怪嗎？如果我們擴大範圍，調閱二〇〇〇年到二〇〇二年之間西海岸公路沿線城市的案件資料，特別是懸案，相信能獲得更多具體線索。」

「要是這次的裁縫師案與過去的懸案是同一人所為，那麼到現在已經快二十年了，也就是說，嫌疑人的年齡範圍應該在五十多歲到六十多歲之間。你覺得他一個人能夠獨自完成如此精密的犯罪嗎？」

面對勢賢堅定的語氣，正賢有點驚慌。他好像覺得自己的說明不夠充分，小心翼翼地又開口說道：

「所以我想調查是否存在共犯的可能。」

「這句話在第一具屍體發現現場就說過了吧？現在又要討論過去的案件是否有共犯？說真的，在我看的資料中並沒有這方面的記載。不論是處理屍體的手法、棄屍的地點都不同，就連犯案冷卻期也比現在的案件短得多，你根據什麼斷定過去和現在的案件是同一個人做的？該不會只是刑警的直覺那種吧？」

「不是那樣的……我只是想討論這種可能性而已。」

在勢賢的強勢質問下，正賢的聲音低到幾乎聽不見。他意識到在這個時候說什麼都可能被認為是胡亂臆測，決定閉上嘴。勢賢揉著緊蹙的眉心，嘆了口氣。

「最近這個案件給我的壓力太大，剛才你的話聽起來像不必要地擴大調查範圍，我的反應才會那麼激動。」

「沒關係，妳會那樣想也是情有可原。」

「能再多談談那位姊姊的事嗎？」

為了緩解緊張，正賢用溼紙巾擦掉罐裝咖啡表面的水珠，喝了一口。還是不知如何開口，又猛灌了更大一口。

「我十歲那年在我爸的房裡發現一張照片。我們家客廳明明掛著一張巨大的全家福，我爸的皮夾裡卻藏著另一張。我跟蹤我爸，想找出他的外遇對象。不過那個人消失得無影無蹤。正當我覺得白跑一趟時，我碰巧遇到了照片中那個女孩。我爸帶她去小吃店吃辣炒年糕。當時，我躲在巷子裡等著。」

「就這些？」

「那天躲在巷子裡的不只我一個人。有個男人一直透過汽車後照鏡窺視著那女孩。我總覺得不對勁，告訴了我爸。我爸反而因為我跟蹤他，大發雷霆。一個禮拜後，當我再去那屋子時，已經人去樓空，不過出現了一具屍體。就是我在小吃店看到的那個女孩。」

「你報警了嗎？」

「那時候我不知道怎麼報警，所以我先打給了我爸。」

「他說什麼？」

「他說警方會調查的，但別抱太大期待。奇怪的是一直有人死去，卻始終抓不到凶手。最後真的不了了之，彷彿什麼都沒發生過一樣。」

說完後，他痛苦地捂住了臉。勢賢這才注意到他的手上滿是傷痕，此刻她隱約理解他為何如此執著於破案。

勢賢終於完全理解正賢背負了二十一年的罪惡感究竟源自何處。他一直在懊悔當年先打給父親。他貌似認為是因父親沒有報警，凶手才得以逍遙法外。可惜事實並非如此。那是調均最後一次殺人。在那之後，警方無心追查人間消失的調均的去向。

「這些年來我一直在否定我爸當年說過的那些話，可是，如果這次也沒抓到犯人，我是不是也只能告訴遺屬，殺人者未必會被抓，有可能逍遙法外。這真的太不正常了。」

勢賢試圖理解正賢的痛苦。他天生善良，和自己不同。然而，看著他將一切當成自己的錯，有點可笑。嚴格來說，他的錯誤就只是擁有那樣的父親。正賢的父親很早就讓他看清現實，然而，在子女教育上卻毫無天賦，才導致正賢變成一名執著的警察，僅憑一個背影也誓死要將他逮捕。

直到這一刻，勢賢才終於卸下心防。老實說，自從正賢提到他見過調均後，勢賢就沒睡過好覺。她擔心他到處張揚這件事，每次和他在一起時總是繃緊神經。現在心中的大石總算放下了。勢賢插了根吸管喝起咖啡。

「你不是說當初選擇當警察就是因為想抓犯人嗎？還有不想讓自己後悔，才去參加記者會的，你還記得吧？逃避本來就很容易，重新面對才是最難的。你正在做的就是那麼難的事。不要再讓當年只有十歲的孩子背負過於沉重的包袱。」

如今形勢瞬間反轉。勢賢掌握著正賢的祕密，正賢卻不知道勢賢的祕密。今後一輩子也不會知道。

「既然已經確定裁縫師案的兩具屍體是同一名凶手做的，我建議你不要想太多，專心調查現在的案子。懸案這種東西，一旦代入個人情感就很難做出理性判斷，還是由我處理比較好。」

勢賢語氣放柔提出建議。臉色依然蒼白的正賢努力放鬆表情答道：

「能遇見徐科長，真的是太好了。」

勢賢和正賢目光相對的瞬間，心猛然一沉，她迅速移開視線，努力模仿他在嘴角強裝笑意，含糊回應。

當正賢握住方向盤時，勢賢輕輕地將頭靠在副駕駛座的車窗上，陷入沉思。太好了？倘若正賢知道她是調均的女兒，他還會用現在的眼神看自己嗎？竟然沉浸在這種不切實際的幻想中，真不像自己。

勢賢一直以來都不擅長應對這類人。正賢對她過於坦率，情感過度豐沛。勢賢花了一輩子讓自己變得更有人情味，卻遠遠比不上正賢。每當她以為自己已經從理性層面理解了他的情感時，他卻早已進入下一個階段，展現出更為強烈的情感。

正賢從一開始就與她站在不同的起跑線上。他沒有需要隱藏的事情，又怎麼會擔心被發現什麼呢？勢賢認為世上沒有比自己的內心更黑暗的東西。也許正因如此，正賢那些看似輕描淡寫的試探，有時反而讓她不自在，反倒像准京那樣能玩弄於掌心，或應付所長那種毫不掩飾自己貪婪本性的大說謊家，更讓她自在。

與正賢待在同一個空間讓她感到莫名的壓迫。她打定主意必須阻止分屍案再次浮上檯面。那些塵封多年的往事沒必要重新挖出來。

一切準備就緒，勝利近在眼前。上鉤的調均很快就會大動作地晃動釣竿，就像勢賢當初發現調均還活著時的震驚，如今調均得知勢賢沒死，一定受到巨大的震撼。她會趁著調均內心動搖的空隙，靜待他失誤的那一刻。

這樣一來，調均將永遠消失於這個世界。無論正賢多努力都不可能抓到他。既然調均永遠不會為自己的罪行付出代價，正賢也就永遠沒有贖罪的機會。想到這裡，勢賢靜靜地閉上眼睛，將頭轉向車窗。

下車後的勢賢隨意揮手向正賢告別。在他離開後，她看著肉店玻璃上倒映出的自己。春天剪的頭髮不知不覺已經長到肩膀，曾經剪短過的頭髮重新長長，現在這種長度讓她感到不自在。不過，又何止頭髮呢？對勢賢來說，在任何事上都要維持恰到好處是她畢生的課題。

勢賢走近烤肉店旁熄燈的髮廊，想確認營業時間，然而，褪色的貼紙上只剩下數字零。勢賢毫無留戀地走向小巷。要是有人知道她半夜回到案發現場，肯定會嘮叨，但勢賢單純覺得這條巷子非常自在。

夜幕降臨後，昏暗的街道閃爍著暖黃色的燈光，潮溼發悶的空氣莫名讓人安心。巷子略微向左彎，不走到巷子中間就看不到盡頭，因此途中不能因為害怕而折返，否則這條巷子將喪失作為捷徑的唯一價值。

這次的案件也不例外。勢賢總能在關鍵時刻憑藉出眾的直覺，做出準確判斷。被過去束縛、判斷力失準，從來不是她的作風。勢賢打開手機的手電筒，緩步走上家門前的階梯，目光落在不遠處飄揚的警署旗幟。

警署沒有人能查出勢賢的過去。即使又有蛛絲馬跡出現，她也有把握把某個無辜之人塑造成凶手。若此刻選擇抽身，她反而損失得更多。從她親手解剖調均留下的屍體那一刻起，她就只剩下一個選擇：走到最後。

她再次邁步上樓。每一階之間的間隔過大，一個踩空很可能直接喪命。房東為了美化樓梯而擺放的多肉植物，早已被烈日曬死。裝得如此親切的房東，如今看來，不過也是個無情之人。

往上推開電子鎖蓋，若是平時，應該會伴隨著喀嚓聲，出現燈光。可是密碼鎖面板卻比她的影子還要黑暗。感覺不太對勁。她蓋上門鎖，門竟然輕易地被打開。勢賢的手停在門把附近，遲遲沒有動作，當她稍微靠近一些時，門自己緩緩地開了。

勢賢頭也不回地跑下樓梯。生鏽鐵梯和磨鈍鞋跟的碰撞聲讓她全身起雞皮疙瘩。她將全身重量倚靠在從未握過的扶手往下衝。腦海中閃過躺在電線桿下的死者的腿。就在她感覺腳下一空的瞬間，整個人順著樓梯滾落。

最先感受到痛感的是手掌。大概是摔倒時被水泥地面擦傷，火燒般刺痛。緊接著從右膝到腳底，整條腿都隱隱作痛。雖擔心骨頭是否斷了，不過此刻沒有時間仔細查看哪裡受了傷。

立刻站起來的勢賢朝著巷子跑去，跑到一半時，一陣恐懼襲來，她呼吸緊促。不再是柔和的暖黃色，而是彷彿有人悄悄流下鮮血的詭異鮮紅，刺痛了她的眼睛。明明知道這條巷子裡只有自己，然而，勢賢還是被晃動的影子嚇到，不停地向前跑。

好不容易衝出巷子的勢賢立刻跑向警署。誰都好，只要是活人就好。這時有人從後面抓住了她肩膀，勢賢直接跌坐在地。

「徐科長，妳還好嗎？」

不知道從哪裡冒出來的正賢扶起勢賢，手足無措地蹲在她身旁。

「我有東西要給妳，才追出來的。看到妳突然從巷子裡衝出來就叫住妳。如果嚇到妳，我很抱歉。」

「你現在忙嗎？」

勢賢的聲音死氣沉沉。

「不，不忙。這該不會是血吧？妳的手掌好像在流血。」

「那跟我去一個地方吧。」

「什麼？去哪裡……」

正賢雖然很想問究竟發生了什麼事，可是沒有開口。勢賢一拐一拐地在前面領路，又走進那條巷子。

「這裡難道是……」

正賢咬著嘴唇將話吞回去。他知道勢賢住在案發現場附近，但沒想到那麼近。走在前面的勢賢一言不發，全身發抖。正賢從包裡拿出一直準備好要給勢賢的風衣。看著勢賢神情恍惚、步履蹣跚的模樣，他不知道如何開口，只能緊握那件風衣，擔心地跟在她後面。還沒爬完樓梯，就從大開的門縫中看到了鞋櫃。正賢慌張地問：

「妳出門時沒鎖門？」

看著臉色蒼白的勢賢，他意識到這扇門不應該是開著的。

「我能進去看看嗎？」

看她無力地點頭，正賢立即走進屋內。他在牆上摸索，想找到電燈開關，跟在後面進來的勢賢按下開關，屋內瞬間亮起。突如其來的光線讓正賢不禁瞇起眼睛。從一開始他就有這種感覺，勢賢的家即使在這個炎熱的夏夜也透著異常的寒氣。仔細觀察後會發現，這裡完全感受不到有人住的溫暖氣息。

這間屋子有三個房間和一個廚房，不過勢賢的主要活動範圍似乎是客廳，客廳之外的房間幾乎都是空的，顯得異常荒涼。正賢仔細檢查房間各處，確保沒有能藏人的地方。當他走回客廳時，勢賢不見人影，而玄關傳來說話聲。

「我還以為大半夜的出了什麼事。只是電池沒電而已。看，換上新的不就好了？」

一名中年女性用大鯊魚夾將頭髮夾到後方，一邊來來回回測試電子鎖，一邊激動地向勢賢解釋。勢賢明明說過自己老家是湧泉，然而，現在這個人的語氣，卻完全像是房東在教訓房客的語氣。環臂靜靜站在那裡的勢賢看起來異常嬌小，正賢不禁懷疑她平常是否就如此。看不下去的正賢介入兩人對話。

「你不能這樣說。這附近才剛出事，她本來就嚇壞了……」

「就只有這位小姐住在這嗎？我也住在這裡。晚上只要電話一響，我的心臟就嚇得要跳出來。這種小事打什麼電話！」

不知道何時出現的男人，穿著領口幾乎長到肚子的汗衫，滿臉通紅地斥責正賢。

「仔細想想，自從這位小姐搬來以後，我家的運勢就變差了。是不是？」

男人一邊指著勢賢，一邊逼近，正賢趕緊擋在中間。

「你怎麼可以這麼說？請不要指著人。這會讓對方感覺被威脅。」

「你算哪根蔥？憑什麼管東管西？」

男人假裝要扔衣服，擺出要往前衝的姿態，正賢立刻抓住他的雙肩壓制他，勢賢拉住正賢的手臂，疲憊不堪地擺擺手，示意他算了。

「唉呀，這個臭傢伙喝醉了就該安分點……同學，不好意思。」

在一旁觀察情況的女人趁機拍了丈夫的後背，一起勸阻。

「我知道了，請下樓吧。」

勢賢緊閉的雙唇終於張開。鐵梯傳來一陣雜亂的聲響後，一切又恢復了寂靜。不知道該說什麼，正賢只能小心翼翼地遞出手中的風衣。

「你可以走了。」

「那妳呢？」

「不是已經確認屋裡沒人嗎？」

「話是沒錯，但最近有變態會潛入年輕女性的住處安裝針孔攝影機。妳今天先回老家住一晚，明天白天讓搜查組來檢查一下比較保險。」

「不用了。」

勢賢的語氣雖然堅定，卻能從中感受到一絲焦躁。正賢不忍再勉強她，擔心說要留下來陪她會被當成是客套，於是選擇安靜。在這個時候，無論是陌生的入侵者還是正賢，恐怕都只會令她感到困擾。

「我知道了，那我先走了。明天回首爾小心。啊！對了，我現在要回警署，會一直待到晚上。」

勢賢對正賢的話完全沒有反應，看著這樣的她，正賢覺得自己繼續留在這裡只會讓她更不舒服，不得不道別，關上了門。

正賢離開沒多久，樓梯就傳來嘎吱作響的聲音，彷彿有人在外面尖叫，勢賢捂住耳朵。本以為一切終於平靜下來，她的心臟卻莫名狂跳。

一陣強烈的噁心感湧上，勢賢推開門衝出去，吐在眼前的地面上，接著立刻衝下樓梯追趕正賢。

7月22日

正賢尷尬地在洗手間門前來回踱步，水聲停止後，勢賢走出浴室，正賢的視線移往地板。將褲子捲到膝蓋的勢賢一拐一拐地走到床尾坐下，水珠順著她的腿滴落，摻雜淡淡的血跡。

「給我衛生紙。」

正賢像是一直在等待她下令似地迅速行動。

「如果妳覺得不自在，隨時告訴我，我馬上出去。」

正賢遞出衛生紙後又在門口徘徊，不小心碰到了放行李箱的架子。突如其來的聲響讓勢賢驚訝地睜大眼睛。正賢雙手合在胸前道歉，他輕手輕腳地有多遠離多遠，生怕又讓她不自在。

「你這樣走來走去很煩，坐著吧。」

「好的。」

正賢立刻拉過椅子，背靠著牆坐在玄關門附近。

「如果妳想一個人靜靜……」

「都說我知道了。」

勢賢一口氣打斷正賢含糊不清的話，拉開所有窗簾後，坐在能看見窗外的椅子上，將身體蜷成一團。屈膝時，凝結的血液像是隨時會再流出。她感覺到正賢的目光在她肩膀附近停留了一下又移開。勢賢維持著相同姿勢，緩緩地調整呼吸。

不知過了多久，膝蓋上的傷口結成圓形的痂，所幸只是擦傷，應該沒傷到骨頭。但看著已經泛青的瘀傷，顯然要疼至少一週。

窗外遠處山脊後方透出微弱的晨光，凌晨五點多時才放鬆下來，全身就像跑完長跑的隔天，酸痛不已。

心情逐漸恢復平靜，一個令人不快的假設浮現：調均一開始就知道勢賢的存在。

勢賢靜靜地閉上嘴，捏著鼻子。以前她能撐過一分鐘以上，可能是最近疏於運動，四十三秒就是極限。她揉著耳朵，決定不再胡思亂想。

要是調均早就知道勢賢的真實身分，她不可能安然無恙。一定是最近睡眠不足，不僅做了奇怪的惡夢，腦袋都變得遲鈍了。她暗自決定回到首爾後要去打一劑高劑量維他命營養針，再狠狠睡一天。勢賢起身，打算洗把臉清醒一下，這時她看見正賢蜷縮在洗手間對面的椅子上打瞌睡。

「無法理解也沒關係，只要接受就好。」這是幾天前正賢在警署說的。雖然不知道為什麼會想起這句話，然而，看著正賢什麼都沒問卻一路陪到這裡的模樣，這句話自然而然浮現了。

勢賢走近時，感應燈閃了一下，亮了起來。正賢揉著眼睛起身。勢賢愣愣地望著他。她想起了某個徹夜未眠的夜晚後的，熟悉的清晨空氣。

勢賢將額頭輕輕貼在車窗上，望著外面。狹窄的路邊兩旁種植的樹木交錯，遮蔽了天空。

清晨陽光偶爾從縫隙中探出頭又消失不見。樹影輕柔地掠過勢賢的眼角，同時右肩傳來細微的震動。勢賢想閉眼，那悶熱卻又溫暖的空氣帶來的安心感，讓她想要靠著休息。

「徐科長。」

「……」

「到了。」

勢賢被無預警的觸碰嚇得驚醒，彈了起來。

「妳真的沒事吧？」

「……」

「本來想說還有點時間，想讓妳多休息一下，不過好像一直有電話打來。」

勢賢不敢相信自己竟然毫無防備地睡著了，撫摸著被正賢碰過的手臂。手機震動聲不停，她從口袋裡掏出手機，連看都沒看直接按了拒接。好不容易清醒過來，正要解開安全帶下車時，正賢急忙喊住她：

「啊！等等。昨天警署收到了一個包裹，是寄給妳的。」

「真的是寄給我？為什麼會寄到警署去？」

勢賢鬆開車門門把，接過正賢遞來的箱子。

「是啊，我也覺得奇怪，確認了好幾次，不過確實寫著妳的名字。而且寄件地址是湧泉，可能是上次看了妳的記者會後寄來的。」

指尖瞬間竄過一股寒意。勢賢翻轉箱子查看寄件人，上面沒有署名，只有一行歪歪斜斜的地址。她迅速撕開箱子檢查裡面的東西，是一本破舊的筆記本。不知道經歷多少歲月，原本應該硬挺的封面邊緣已經磨成了圓形。她翻開頁面，下一秒腦海中的齒輪彷彿突然停止轉動。

有人在每一頁細心地貼上了照片。那些照片和這本筆記本一樣，全都褪色發黃，能感受到歲月的流逝。在那些已經難以辨認的風景前，總是有個女孩。那女孩好像很喜歡動物，在每張照片中都抱著動物。

照片中垂著尾巴的貓沒有臉；麻雀翅膀下原本該有的雙腿也不見了。越往後看，照片的內容越是殘忍。有的照片剖開動物的身體，內臟整齊地擺放在一旁，以致難以辨認原本是什麼動物。仔細觀察時，能看到一個沾滿鮮血的小雞和小巧的喙。所有的動物都死狀淒慘。

「這……是誰做出這種事？」

正賢的聲音中充滿困惑，他伸手想撿起丟在腳邊的箱子時，勢賢的腳踩住了它。

「我知道是誰寄的。」

「是誰？」

正賢像是隨時都要開警車去逮捕寄件人，勢賢尷尬地笑著闔上筆記本。

「最近剛和男朋友分手，我們鬧得不太愉快，早知道他很幼稚，只不過沒想到會用這種方式來騷擾我。」

「不，這已經不是幼稚的問題了。如果這個讓妳感到恐懼的話，那就是威脅。是犯罪行為。這種事不能就這麼算了。」

「我不會這麼算了。我已經在研究能採取的法律手段，他故意寄到警署，應該是看了記者會的影片後，想讓同事們知道這件事，讓我難堪。請你幫我保密，不要讓其他人知道。」

「他真的太惡劣了。別擔心。需要幫忙的話一定要告訴我。一定。」

「嗯，我會的。」

正賢雖已疲倦地睜不開眼，還是擔心著勢賢的狀況。他大概是覺得她被昨晚的事情嚇壞了，明明她說可以自己走，他還是堅持送她去客運站。

直到勢賢的身影完全消失，他才停止揮手。一進入客運站，勢賢就直奔洗手間，走進放置打掃工具的隔間，迅速鎖門後拿出手機，撥打箱子上的那串號碼。拉長的鈴聲如同威脅折磨著她。經過漫長的等待，終於傳來一個低啞的男聲。

「中央餃子館。」

勢賢將手機扔進包包，再次拿出筆記本，一頁頁翻看。她確定就算去寄件地址查看，大概也會是剛才接電話的餐廳。每翻過一張照片，勢賢就忍不住冷笑。這是調均對勢賢記者會的回應。他篤定自己已經是勝利者，令人作嘔地欣賞著這場勝負已定的戰鬥。

勢賢將筆記本塞回包裡，快步衝出客運站，伸手攔了一輛計程車。她報上餐廳的名字，司機卻不耐煩地要求她說清楚是哪棟建築物，她冷淡地要他輸入導航。

勢賢焦急地望著窗外，陷入沉思，才跑了一小段路，昨天跌倒的膝蓋就已經腫脹發熱。計程車在窄巷繞來繞去，好像迷路了，勢賢幾乎是將鈔票扔給司機就下車。司機一邊嘟噥一邊咒罵，收起錢離開。清晨的巷子上空瀰漫著白濛濛一片，真說不清是霧霾還是晨霧。

貼著「今日休息」告示的烤肉店裡頭沒有半點動靜。勢賢從烤肉店開始，沿著延伸的道路漫步。走在空無一人的路上，有種悲壯感，像成為世界末日中的唯一倖存者。走到路的盡頭後，她又折返回餐廳，既不刻意四處張望，也不茫然地看著前方走。她只是反覆走著，為的是熟悉那天的感覺。

不知從哪裡傳來窸窣聲，循聲望去，只見一隻勤快的貓越過圍牆，慢慢地走到涼亭下方水井邊的水管。水管似乎在漏水，泥地上積了不少水。貓喝完水後輕巧地跳上涼亭。

沒有比養寵物的年輕女性更無害的形象了，所以很久以前她就多次嘗試養貓。她覺得狗太黏人，壓力太大，而貓是有地盤意識的動物，彼此之間保持距離上應該沒有什麼問題。她還向檢驗員學習餵食貓的方法，有天在巷口看見一隻起司色的貓在玩弄奄奄一息的老鼠，她像被迷惑一樣，用某人丟棄的鑵子結束了老鼠的生命。那隻貓跑到遠處觀察著她，掉頭逃竄。從那天起，國科搜就再沒出現過貓。

勢賢坐在貓走過的涼亭裡，望向對面，有張只撕掉一半、晃動的貼紙，不知道是不是賣魚生意失敗的店家留下的。在貼紙旁邊，一輛熟悉的車映入眼簾。因為是老舊型號，現在馬路上並不常見。

某個記憶片段驀然閃過。她翻開手機備忘錄。有時她會用筆記宣洩腦海中複雜的念頭，所以備忘錄總是雜亂無章。

勢賢緩緩滑動手指，往回翻找日期，查看了死者發現當天寫下的筆記。車子前擋風玻璃上的號碼與她記下的備忘錄一模一樣。她立刻打給車主，鈴聲響了許久卻沒人接聽，勢賢不耐煩地踹了圍牆。

還沒說「喂」就先聽見了咳嗽聲。可能因為是清晨，一個帶著痰的男人用粗啞的聲音接起電話。勢賢從包裡找出警署發的臨時出入證，順手掛在脖子上。簡單說明來意後，很快就看見一位約七十歲的男性，衣著整齊從魚販店的建築裡走出。

「您好。」

「之前不是已經拿走了嗎？怎麼週末一大早又使喚人跑來跑去⋯⋯」

他一直不滿地碎念，勢賢仍盡可能地保持微笑。

「老先生，真的很抱歉，因為案件實在太複雜，要蒐集的影像太多。我同事可能一時忙中出錯，弄丟了這麼重要的影像。偏偏是您車子的影像。可能因為您眼光好，安裝的行車紀錄器影像最清晰，音質也很好，幫了我們大忙，所以雖然很不好意思，我還是來請您再幫一次。」

刻意裝出的親切語氣今天聽起來特別虛偽，勢賢心裡暗自作嘔。或許是她展現出的低姿態，老人家雖不耐煩地碎念，還是沒多想，直接開了車門，拔出行車紀錄器裡的ＳＤ卡插入ＵＳＢ讀卡機遞出。

「這樣就行了吧？快點看完拿回來。什麼時候會還？」

「今天確認後就立刻送還給您。這是我的號碼，有任何問題隨時聯絡我。」

「在我聯絡妳之前，妳就應該還回來才對。」

勢賢趕緊接過他遞來的ＵＳＢ放進口袋。他的聲音聽起來很固執，無論說什麼都像在訓話，讓人不舒服。然而，多虧他的配合，減輕了不少工作，勢賢也就默默忍受他的囉嗦。他對勢賢嘮叨了幾十分鐘，自顧自地推理案情，還毫不客氣地批評警察辦事效率低。

和老人家分開後，勢賢抬頭望向樓梯上乾癟的多肉植物。與其漫無目的遇見不想見的人，不如回家用筆電看影片更方便。或許是因為昨晚發生的事，她不願在這附近多停留一秒。

勢賢離開，朝著烤肉店反方向走，找到最近的網咖。因為膝蓋疼痛，她決心避開階梯間距過大的樓梯，吃力地往上爬。自動門一開，冷冽的空氣竄了出來，通風不良的霉味夾雜著廉價擴香的香氣，還有泡麵的味道。

勢賢皺著眉頭付了網咖費，找到卡片上標示的座位，檢視ＵＳＢ資料夾裡整理的影片。她打開標示著案發當天日期的影片，按下播放鍵。由於擔心其他人可能偷看螢幕，她刻意沒戴耳機。

勢賢邊回放影片邊回想當天的情況。她到湧泉時太陽已經下山，在警署附近徘徊後回程途中發現了屍體。那時大概是晚上九點半左右。雖說那天正好是餐廳休息日，街道更加冷清，可是調均應該不會魯莽到大白天棄屍。

警方拿走並查看了行車紀錄器的影片卻沒發現特別之處，這可能是因為他從對面巷子進入後又離開，因此沒有被行車紀錄器拍到。勢賢冷靜地從屍體發現的時間開始，慢慢地往前回放影片。

因為已經出現屍僵，而天氣炎熱使得屍僵消退速度加快。即使死者是個體型嬌小的女性，搬運屍體仍需要相當大的力氣，因此警方的調查重點多半放在那些偶爾從巷尾出現的男性，或是穿越大馬路的大型車輛。勢賢重複播放同一段影片，一遍又一遍地查看。

下午時，一群要去市區的國中生穿過小巷，勢賢想起房東說過警署後面的公寓旁邊就是湧泉女子中學。既然這群學生看起來並無異常，代表屍體可能是在那之後才被丟棄的。沒過多久，天色開始暗下，雨滴使得影片畫面變得模糊，只能依稀辨認出幾道人影。勢賢逐步縮小時間範圍，反覆查看影片。

有人經過時撞了一下勢賢的椅子，她驚訝起身，一個看起來像國中生的男孩隨意點頭，跟朋友們吵吵鬧鬧地跑下樓梯。昨天的事讓她變得格外敏感，她重新調整椅子，繼續播放暫停的影片。這時，一個人影從巷中冒雨跑出。

那人穿著與天氣格格不入的外套。面孔陌生卻又熟悉。勢賢果斷收起ＵＳＢ，將桌上隨意放著的物品塞進包裡就往外衝。包包拉鍊勾到滑鼠，掉落在地發出巨響。不過她頭也不回地走了。

勢賢瞪大雙眼衝下樓，疼痛讓她不由得發出呻吟。她衝到馬路上，瘋狂揮手攔車。過去的記憶開始擠壓她的大腦，她試圖冷靜，然而身體不聽使喚。她看見遠處有輛計程車轉向開來，她不顧一切地跑向它。

從背後冷不妨傳來錫宇的聲音，嚇得正賢將正在看的檢驗報告邊邊揉爛。

「吃飯了嗎？」

「隨便解決了。」

「怎麼不接電話？」

「電話？什麼時候打給我的？」

正賢連忙摸了摸褲子口袋，手機早已不知去向。

「不就在這裡？」

順著錫宇的手指一看，手機安靜地躺在桌子中間，像是在戲弄正賢一樣。

「你今天不舒服？」

「可能天色陰陰的吧，有點疲倦。」

正賢不好意思地笑笑，將手機螢幕朝下放。這段時間發生的各種案件，讓他和重案組關係還算不錯的錫宇之間也變得生疏。重案組組員各做各的事，但明顯可以看出他們不想和正賢扯上關係，既不會主動找他幫忙，也不會邀請他一起行動。在這種氣氛下要裝作若無其事地相處，以正賢的個性來說難如登天。

最近發生的兩起命案全都由正賢一個人處理，他連吃飯的時間都沒有。錫宇大概也看出來了，這陣子時不時就在他周圍轉來轉去，正賢朝錫宇尷尬地笑了笑，用眼神示意自己沒事。錫宇重重地拍了他的背。

「真是的，組長，我實在受不了了。又不是三歲小孩，這點小事就弄得這麼尷尬，這像話嗎？」

「呃？不是那樣的……」

「事情都已經發生了，還能怎樣呢？說實在的，你又不是故意的，都是為了破案才會搞成這樣的。」

錫宇不滿的語氣中帶著關懷。正賢莫名覺得自己因為這些事悶悶不樂是小題大作了。因為不知道如何打破自己判斷失誤而造成的尷尬氣氛，然而，他也明白不能永遠這樣和大家疏遠。多虧錫宇主動示好，正賢睽違已久地輕鬆笑了。兩人笑了一陣後，錫宇遞來一疊用夾子固定的文件。

「這是二〇〇〇年西平澤懸案的資料。是我拜託熟人拿到的。第一目擊者的證詞裡留下的住址是湧泉。」

正賢收起笑容，接過資料，拿出桌上的文件夾，和之前分類好的資料一起進行比對。錫宇帶來的資料是之前遺漏的第一目擊者的證詞。一直以來，獨自審閱龐大的資料難免會有疏漏，但正賢仍因自己的粗心而自責，急忙翻開資料查看。

二〇〇〇年西平澤案件的第一目擊者是受害者的朋友，身分資料被詳細記下來了。正賢抱著一絲希望，立刻打給情報科，請求再次確認對方的身分。等待回復的時候，他翻閱文件的手微微顫抖，透露出他的心急。

「這和最近發生的案件有什麼關係，讓你這麼焦躁？」

「晚點告訴你。」

正賢說完，便迅速接起鈴聲響亮的電話。他的表情變得耐人尋味，按捺不住好奇心的錫宇貼在話筒旁想側聽。

「還住在這裡？」

正賢拿著車鑰匙點點頭。

「我很快就回來。」

「不是說要告訴我嘛。」

正賢把錫宇的嘮叨拋在身後，快速衝下樓梯。勢賢曾要他不要執著於過去的案件，然而，正賢越調查越覺得湧泉現在發生的案件和過去的懸案有著微妙的關連。他查詢紀錄中的地址，導航迅速將目的地設在湧泉交流道附近的公寓。正賢握緊方向盤，催了油門。

看似四十歲出頭的女人遞出柳橙汁。即使擺手婉拒，不過女人還是堅持塞給正賢後才坐下。

「突然造訪非常抱歉。」

「接到警署的來電，我是有點驚訝，不過既然是為了案子，我能理解。」

「謝謝妳撥空。」

「在外面談真的沒關係嗎？」

在家教小提琴的女人爽快地答應見面。正賢認為大白天單獨去陌生人家裡不好，提議在公寓外的涼亭見面。

「沒關係的，妳願意見面就已經很感激了。」

「其實在見面之前我想了很多，總覺得時間過得很慢，沒想到一轉眼已經過了二十三年……」

「人們都說時間能沖淡一切，可是某些事無論過去多久都無法輕易忘記。如果造成妳的困擾，妳只需要盡量回答我的問題就行了。」

「好的，謝謝。」

「紀錄上寫著，妳發現屍體的時間是凌晨兩點三十二分，能請妳更詳細地描述當時的情形嗎？」

「當時的情形……」

女人好像感到口渴，喝了一小口柳橙汁，陷入回憶。

「她當時說去洗手。是的。應該是這樣的。但等了很久都沒回來，我就去找她。當時的社團裡只有我和她兩個女生。我們年紀差不多，所以一直同進同出。」

「她當時只是暫時離開嗎？」

「啊……不是的。我想起來了，當時社團裡有一位和我關係不錯的學長，那天他請我幫忙製造機會，讓他們獨處。所以晚上我一直待在帳篷裡，她一直在外面。」

女人似乎因為事情過久而感到混亂，輕輕敲著手指努力梳理當時的情況。若不是今天這次見面，她或許再也不用想起這段回憶，正賢感到愧疚，自己像是在強迫她回想這一切。

「妳可以慢慢想再告訴我。」

「我半夜被冷醒，發現她還沒回來，我想她是不是和學長在一起，於是我去了其他帳篷找人。後來我叫醒學長，一起找，結果……就是那樣。」

「所以妳是和那位學長一起去找的？不過當年沒有其他證人的證詞……」

女人神情慌亂，掩住嘴急忙解釋。

「不是那位學長。他們原本吃完晚餐後想一起散步，她說身體不舒服，他們就分開了。後來他和其他社員一起喝酒。如果找看看，應該能找到當年的照片。」

「方便告訴我那位學長的名字嗎？」

「很抱歉，我不記得了。因為事情真的過太久了。」

女人還沒說完就連忙擺手，從座位上站起來。

「我的學生快到了。我先走了。希望能幫上忙。」

「感謝妳抽出時間，這真的幫了我很大的忙。」

正賢不停點頭致謝，然而，女人頭也不回，像被追趕似地匆匆消失在公寓大樓裡。他遺憾地望著女人完全消失的背影，在小冊子上寫下追加目擊者的資訊。他原本判斷懸案嫌疑人屬於權力控制型人格，熟人犯罪的機率較低，可是現在看來不應該限制思考範圍，應該考慮全盤可能。

既然剛剛見到的第一個發現者是湧泉大學畢業的，調查她參加過哪個社團就能輕鬆掌握那個男人的身分。正賢保持相同的站姿專注寫筆記。

「刑警。」

他感覺有人碰了碰背，轉過身，是剛才離去的女人。她匆忙跑回來，額頭布滿細小的汗珠，她一邊整理頭髮一邊猶豫著，眼神閃爍得比先前更厲害。

「其實那名學長是我哥，你可能不知道，但當時調查的人對同行的社員們的態度非常嚴厲。如果他們知道我哥是最後一個見到她的人，我怕他們會誣陷他，把他送去坐牢，所以我才沒說。拜託你不要去找他。這件事過去這麼多年了，我哥因為這件事真的吃了很多苦，而且他現在也不在韓國。」

「我知道了。妳一定承受了很大的心理壓力。謝謝妳鼓起勇氣告訴我，我不會向其他人提起這件事的。」

正賢無法說出不會調查這種謊言，是以選擇不再追問。女人可能是對他模擬兩可的態度不放心，再次抓住了要離開的他。

「這件事我當時也提過，是警方不在意，直接忽略了。我說完這個就走。那天我和朋友去河邊洗晚餐要用的蔬菜和水果，在那裡看到了一個女孩。」

「女孩？會不會是住在附近的孩子？」

「如果是那樣我也不會記到現在。我們是釣魚社，那裡是荒涼的地方，除了我們，附近沒有其他人。」

正賢重新翻開小冊子。他擔心女人會看到內容，迅速翻過剛才寫的頁面。

「看起來大概幾歲？」

「應該是國小低年級生。不過因為她很瘦小，也許實際年齡更大。」

「旁邊有沒有看起來像父母或監護人的人？」

「沒有，所以我們問她爸爸媽媽在哪裡，但是她好像聽不見一樣，完全沒反應，裝了水就走了。」

「水……」

正賢一字不漏地記下女人說的話。

「因為她拿的桶子很大，我們本來想幫忙，不過社員們在喊我們，我們猶豫了一下還是走了。」

「桶子有多大？」

「就是打掃會用的那種塑膠桶。」

正在認真記錄的正賢，手停頓了。

7月23日

空腹時間已經超過十八個小時，然而，因莫名的噁心，勢賢不由得彎腰。儘管身體狀況不好，她仍得強迫自己打起精神，迎接即將到來的情況。

在勢賢不在的這段期間，工作已經堆積如山，一回到國科搜，她就直接被拉進相驗室。她不知道自己是怎麼拿起手術刀完成相驗的。結束後總算得以脫身回到辦公室，她趴在書桌上，感到一陣噁心，勢賢撐起身體，無力地靠在椅子上。

到底在害怕什麼？勢賢對虛弱的自己感到不滿，咬牙扶著桌子搖搖晃晃地站起身，翻遍藥盒，吞下所有剩下的制酸劑，用水緩解空腹，然後走向冰箱，拿起檢驗員放的美式咖啡猛灌。撕裂的疼痛從胃深處一路燒灼而上，然而，這股劇痛反而讓她的意識異常清醒。

勢賢慢慢理清思緒，解剖過去的記憶片段。她開的卡車撞上調均，調均連人帶護欄一起滾落懸崖。那懸崖陡峭得難以攀爬，被壓在車底的他的手臂彷彿被人刻意折斷般扭曲。

一陣劇烈的頭痛從後頸蔓延到眼角，像被誰用鋒利的指甲挖掘般疼痛。想到調均可能的失望表情，勢賢捂著灼燒的腹部，無聲低笑。

如同掠食者般潛伏等待，伺機捕捉目標的執著；能長時間隱匿在狹小空間的耐心；隨時都能揮刀的魯莽本能，還有願與他共同承擔罪行的同謀。無論歲月如何流逝，他的手法俐落如昔。

勢賢按下行車紀錄器影像的播放鍵，畫面中的女孩大膽地穿著湧泉女子中學的制服。這東西又是從哪裡弄來的？勢賢不以為然地咬著指甲旁翹起的死皮。又流出了血。有人從外面敲門，勢賢趕緊闔上筆電，順手抓起桌上的資料。隨後她聽見門未經允許就打開的聲音，不用看也知道來者是准京。

「我就知道會這樣，再忙也應該收拾一下吧。唉，看看地上的灰塵。」

「有什麼事？」

勢賢埋首於鑑定報告中，刻意壓低語氣。

「只是想來安慰妳而已。妳這次真的是惹到麻煩。負責那個案件的小組好像全部都要被懲處，而且聽說一旦案件被移交給京畿南部廳的話，所長也會把妳調到後面去。」

勢賢皺眉站了起來，再次襲來的頭痛讓視線一陣模糊。

「是所長親口說的？」

「當然啊，我也嚇了一跳。原來了不起的徐科長也會犯錯啊。」

准京咧嘴笑了，看著她那張化得無血色的臉，勢賢彷彿聞到了甲醛的氣味，她的笑聲刺耳地迴盪，幾乎要震聾勢賢。勢賢努力調整呼吸，彷彿在背誦祈禱文般。伴隨一聲沉悶的聲響，一朵顫動的紅花出現在桌面上。

「這些是同事們準備好的。去總院之前還有一些時間，因為太多了所以想分給妳一些。妳知道的吧，我一直都很看好妳。」

准京拿著花瓶在桌上翻找，卻因勢賢的冷淡反應變得興趣缺缺。飄動的裙擺掃過地面離開了。勢賢望著那束盛開的花朵，這是她辦公室裡唯一有生氣的東西。下一刻她的眼神一閃，打翻了花瓶，花瓣隨著潑灑的水四散在地。她緊握的拳頭因壓抑著憤怒而微微顫抖著。

看著散落一地的花瓣，感覺它們正在嘲笑自己，她無情地踐踏它們，滲出的鮮紅液體讓地面變得斑駁一片，宛如乾涸的血跡。看著狼藉一片的辦公室，勢賢低聲笑著。女兒果然最像爸爸。

勢賢回到桌前坐下。大概是藥效發作了，之前劇烈的腹痛總算緩解。她重新冷靜地打開筆電，注視占滿整個螢幕的行車紀錄器影像中的女孩。

那女孩的真實身分並不重要，只要確定那組無主的指紋是她的就夠了。調均的手法至今依然顯而易見，並不難推測，問題在於這次多出的兩個變數：女孩的身分和屍體毀壞方式的改變。據勢賢所知，凡與調均有關的，都不會是好東西。所以無論那女孩是誰，一起解決掉就好。

沒必要著急，無論如何掙扎，調均終究會找上她。光是準備與他見面這件事，就已經讓她呼吸困難。

勢賢在腦海中緩緩計算各種可能的情況，她無法確定調均此刻究竟想要什麼。倘若他想要她的命，那天夜裡在湧泉他早就動手了，但他沒有。也許他和她一樣，都在等待某個時機。因此勢賢想更加謹慎行事，可惜她沒有多少選擇。

要是能抓住調均，她就能將這次的兩起案件和過去的懸案串連在一起，製造出更大規模的案件。單單是逮捕連環殺手就足以徹底扭轉眼下的困境。然而，讓調均活著落入警方手中會是個大麻煩。

殺人犯的女兒真的能成為法醫嗎？正因為清楚知道這是不可能的，她才一直努力活到現在。假如她是調均女兒這件事曝光，別說國科搜院長之位，立刻被趕出國科搜都不足為奇。但若這次無法抓住調均，不僅會重創她的聲譽，在那之前她很可能會先死在調均手中。

從抽屜裡拿出指甲剪，這期間又冒出的指甲就像過去怎麼剪都剪不掉的自己。她很清楚這種事從一開始就不是隱瞞就能解決的。她想起離開家的那一天，在無盡延伸的道路上爬行時發過誓：若在地獄重逢，那時一定會讓他死得加倍痛苦。也許這是上天給她的最後機會。

正賢攤開湧泉市地圖，用不同顏色標記出最近發生的兩起棄屍地點。第一具出現在湧泉大學的小路，第二具則在警署附近。他承認自己這段時間過於專注在尋找證據，忽略分析整體案件，因此，他決定回到原點，重新審視資料。

兩起案件都發現了同組指紋，這樣看來凶手極可能是同一人，然而，除了都是二十多歲的女性外，受害者再無其他共同點。正賢陷入沉思，翻閱死者的家庭背景資料。

第一名死者幾乎與家人斷絕往來，長期獨居；第二位死者有穩定工作，與家人時常保持聯絡。根據同事的證詞，第二位死者最近健康出現問題，經常請假就診。為了隱瞞父母這件事，她以太忙為由，不接父母電話，只用簡訊回覆。

凶手綁架第一名死者後，花了相當長的時間毀損屍體，不僅沒留任何證據，還如勢賢的鑑定報告寫的那樣，大膽地親手剝離內臟又放回。然而，第二起案件發生在死者從期末考的週一開始請假的三天內。凶手在星期一凌晨扔棄第一名死者的屍體，當天又綁架第二名死者。

這可以看作凶手在毀損第一名死者的屍體時，已經鎖定了第二名死者。為了同時進行兩起犯罪，他事前花了很長時間精心制定犯罪計畫。究竟他如何密切觀察這兩名職業不同、居住地點也不同的人？正賢想不通，揪著頭髮痛苦呻吟。

門被推開，昌鎮和赫根走進來坐下，重案組全員難得地都聚集在辦公室。正賢深思後，站起身，走向錫宇，提高聲量，彷彿刻意要讓所有人都聽見一樣，開口說道：

「朴刑警，第一名死者的戶籍不在湧泉吧？」

「是的，第二名死者也是。」

「這可以看作一個共同點嗎？」

「是的，所以更讓人心情不好過。兩個人都是外地人，在這裡應該沒有熟人能依靠。」

與赫根不同，昌鎮對兩人的對話產生了興趣，悄悄靠近查看錫宇整理好的資料。

「有什麼發現嗎？」

「我們正在找兩名死者的交集。」

正賢不想因自己對昌鎮的不自在而忽視他對案件的關心，眼下人手不足，每個組員的幫助都非常重要。

「那麼就得一起看看死者的日常行程。難道光攤開地圖就可以了嗎？」

昌鎮不以為然地看著貼在黑板上的地圖，正賢忍不住笑出聲。

「至少這樣看起來像在努力破案，不是很好嗎？」

看著地圖的正賢收起笑容，目光停在標試著湧泉女子中學的位置。其實從回到警署後，有一件事就讓他記掛著：二〇〇〇年懸案的第一目擊者後來補充證詞中提到的那名神祕女孩。這件事莫名地一直讓他很在意。

「我去湧泉女子中學那裡，看看第二名死者住過的套房。昌鎮刑警，你和我一起去吧。」

「那我和赫根哥一起去湧泉大學看看。」

錫宇敏銳地察覺被落下的赫根，巧妙化解可能變得尷尬的氣氛。正賢點頭致謝，然後和昌鎮一同離開辦公室。他們必須找出第一名和第二名死者生活圈的交集點。

正賢將車停在湧泉女子中學前的停車場後，和昌鎮分頭行事。他從中學正門沿著左邊的巷弄慢慢往下走。從坐落在山坡上的中學稍微走下去就能看見相鄰的超商和文具店，而旁邊有一家小吃店和麵店。暖洋洋的夏日陽光在樹葉的遮擋下晃動，正賢想多享受一下久違的正午閒暇時光，抬頭望向藍天。

走到巷子盡頭處的出租套房區時，他又改變主意，繼續往下走。可能因為這一帶是住宅區，到處都是武術館和補習班。一家體大入學考補習班前擺放的立牌引起了正賢注意，上面寫著警察體能測驗課。他在搜尋引擎中輸入「湧泉、警察、體能」時，這家補習班的名字立刻出現在搜尋結果最上方。

正賢毫不猶豫地走上二樓，到達院長辦公室。亮出警察證件後，院長的臉色驟然變暗。正如他預料，第一名死者曾在這家補習班上課，而這家補習班位於第二名死者住的套房附近。這麼看來，凶手可能是在這附近監視兩名死者，伺機等待死者單獨行動，迅速下手。

勢賢抖落鞋上的泥土，白天原本晴朗天空不知何時變得陰鬱，當她駛入湧泉收費站時，天空彷彿早已等待多時，立刻下起傾盆大雨。她走進超商，在僅剩的幾把雨傘中挑了一把看起來最低調的黑色愛心圖案塑膠傘，撐開後遮擋雨勢。

原本說好晚上八點到達，不過由於塞車足足晚了二十分鐘。人行道的號誌燈遲遲不變，雨勢卻越來越大。在客運站買的熱美式逐漸失溫。

「科長！這裡。」

正賢在紅綠燈附近降下車窗，興奮地揮手。勢賢將手中的咖啡灑在地上，上了車。

「膝蓋好點了嗎？」

隨意點了點頭，沒回答。

「我算了妳下班後過來大概就這個時間。今天下雨，路況不太好吧？每天這樣通勤不容易，辛苦了。」

「大家不都是這樣生活的？」

「可是妳的工作強度非常高……」

「找我有什麼事？」

「啊！請等一下。」

正賢將車停在客運站前的停車場，如往常般從懷中取出小冊子，記錄著，再次開口。

「妳說過案發現場的指紋找不到符合的對象，是吧？我一直很在意這件事，我在想凶手會不會是未成年人？」

雨水不規則地拍打前擋風玻璃，雨刷來回刷動的聲音和雨聲交織，填滿了寂靜的車內，勢賢默默地望著來回刷動的雨刷。

「未成年人獨自犯案這個推論有點勉強。但假使未成年人是共犯呢？我知道這個推論可能沒什麼說服力……」

因持續的沉默，正賢有點慌張，語尾變得含糊。勢賢終於開口：

「也不是不可能。」

「是吧？仔細想想，這未必不可能。」

沒想到勢賢這麼快就認同，正賢興奮不已，語速也變快了。就在這時，他注意到勢賢打量自己的異樣。

「你為什麼會這麼想？」

「其實，我昨天中午去見了某起懸案的第一目擊者。我沒忘記妳給我的建議。最近我們組氣氛好多了，朴刑警從西平澤那邊拿到了二〇〇〇年案件的第一目擊者的證詞。剛好那位現在住在湧泉，我特地去拜訪她。」

勢賢的目光依舊銳利，反而更仔細地打量起正賢的臉，正賢被她的視線看得不太自在，忍不住別過頭。

「所以？」

毫無起伏的聲音催促他切入正題。

「那……那名目擊者說，事發當天看見過一名像是小學生的女孩。」

勢賢頓時笑出聲，正賢一頭霧水地歪頭，不知道哪個點好笑，話沒能說完。

「目擊者說那個女孩是共犯？那案子不是已經過去近二十年了？」

「準確來說是二十三年前。」

「差不多就那樣。二十三年前的小學生現在應該已經三十幾了吧。」

「但我的意思是，未成年人沒有指紋紀錄，如果凶手誘騙了未成年人，再次犯罪……」

勢賢不耐煩地嘆氣，正賢又一次沒能把話說完。沉默再度籠罩車內，正賢意識到自己似乎因為個人情感，過於牽強地將過去與現在連結，瞬間感到尷尬。

「都說完了？」

「抱歉，下次我會更謹慎地確認後再報告。今天下雨，我送妳到家門口。」

「你剛下班吧，直接讓我下車就行了，我可以自己回去。」

「沒關係，我剛好要順便去警署，順路，不用有壓力，要是妳真的不方便，我可以在橋上放妳下車。」

「好，就這樣吧。」

正賢假裝檢查安全帶，實則偷偷觀察勢賢。她看起來比上次更累，奇怪的是，她的眼神仍舊明亮銳利。

「對了，今天還有另一件事。我們終於找到兩名死者的交集點。」

「啊，一定花了不少功夫。」

勢賢漫不經心地回答，車內瞬間陷入沉默。她看起來越正常，靜默越久，正賢就越不自在。每次討論案情，勢賢總是專注地傾聽，並敏銳指出容易被忽略的細節。她的意見經常在調查停滯不前時提供方向。

或許是最近工作太忙，不管聊什麼，勢賢都興趣缺缺。正賢擔心是不是自己上次說的話讓她不快。要不是這樣，是不是身體不舒服？還是工作上遇到了困難？明知兩人不是能過問這些的關係，然而，他不由自主地在意著她。

「請停在前面。」

「什麼？哪裡？」

「前面那家銀行門口。」

正賢停車後，勢賢解開安全帶下車。

「不用等我，你走吧。」

她丟下一句話就淡漠地關上車門，正賢還來不及說話，她已經穿越四線道馬路，走進對面的粥店。轉眼間消失無蹤。正賢愣了一下，立刻下車，快步衝向遠處的斑馬線。

他一進入餐廳立即與坐在門口的勢賢對上視線，她驚訝地看著不過短短幾分鐘就被雨水淋成落湯雞的他。

「隨意穿越大馬路很危險。運氣差的話會被警察抓到，搞不好會被開罰單。」

勢賢像是氣消了般，難以置信地笑了，正賢看到她的模樣才放心。

「所以你特地跟來開我罰單？」

「我不是跟著妳來的，只是下雨天剛好想吃粥。」

正賢自然地坐在勢賢對面，眼前的勢賢比初次見面時更瘦了。他不想再拿案件煩她，靜靜地倒了杯水遞出。勢賢看著杯子，一口喝完。見狀，正賢也趕緊替自己的杯子倒滿水。

「應該一起喝才對吧。」

勢賢一臉不耐煩遞拿起已經見底的塑膠杯，假裝喝水。

「你本來就這麼愛管別人的事嗎？」

「在妳眼中我是那種形象嗎？」

正賢的眼角微彎。

「對，不要跟我說只對我這樣。」

「不是那樣的。那是因為我很依賴妳，所以才不捨得讓妳走。我對其他人也很好。」

「最好是。你在重案組不是被當邊緣人嗎？」

勢賢直率的措詞害正賢忍不住笑出聲，最後變成了哈哈大笑。

「才不是！我們感情很好的。其實最可怕的是徹底被當空氣。正因為彼此在乎，才會出現摩擦，偶爾的意見分歧才能推動良好的調查。」

正賢勉強止笑，認真回答。

「我承認以前確實很難熬，但現在真的好很多。」

剛剛還在開玩笑的正賢表情變得嚴肅，猶豫片刻後，鼓起勇氣，小心翼翼地與她對視。

「大概是因為我覺得連這些都是妳的功勞，才總是在意妳。」

雨滴敲打玻璃，發出沉悶聲響，天氣意外地與店裡播放的古典音樂符合。她遞出空杯，他立即倒滿水。這次勢賢刻意等正賢也幫自己的杯子倒滿水。

手機響起，正賢喝水喝到一半，動作停住，疑惑地接起電話：

「喂，我是鄭正賢。」

從另一端傳來的急促聲音，正賢眼神不安飄忽。勢賢不喜歡背後留有空隙，緊貼椅背坐著，雙手伸到桌下，撥弄指甲。

她抬頭仔細觀察臉色逐漸變得慘白的正賢。他既簡單又複雜。辦案時，他總是會聽她的分析，拚命地追逐。不過不知是否因為過去的心理創傷，每次事情一牽扯上死者，他就會立刻踩煞車。

因此，倘若再出現一具屍體，局勢將完全倒向對勢賢有利的方向。以正賢的個性，他必然將過去的分屍案埋藏在記憶深處，專注於眼前的案件調查。勢賢起身，走到神情慌亂掛掉電話的正賢身邊。祈求讓他繼續被矇在鼓裡，繼續徘徊於無知。她輕輕揮去他肩上的雨滴。

「廣搜隊已經派出搜索組了。」

「動作可真快。」

赫根聽了錫宇的話嘲笑他。正賢邊翻閱錫宇遞來的資料邊問：

「失蹤者的身分是？」

「湧泉女子中學三年級學生。因為教會的夏令營，父母和教會之間有了誤會。」

「什麼意思？」

「父母以為學生去參加夏令營，教會卻說學生事先表示自己不會參加。」

「最後一次見到人的地方在哪裡？」

「昨天補習班下課後，她和朋友去了小吃店就分開了。」

「已經超過二十四小時。」

昌鎮剛說完，廂型車裡瞬間安靜得只聽得見彼此的呼吸聲。

「真是綁架，對方應該早就聯絡她父母了。」

正賢說話時努力掩飾內心湧上的不安。根據統計，失蹤案的黃金時間為四十八小時，一旦超過，找到失蹤者的機率將大幅下降。如果這起案件和近期湧泉發生的連環命案有關，情況更是不容樂觀。從作案手法來看，沒人敢斷言失蹤者現在還活著，更令人擔憂的是，這次失蹤的是一名國中生。在前往失蹤者家的路上，一個疑惑閃過正賢的腦中。

車一停，重案組成員立刻下車。天空像破了洞似的，傾盆大雨傾瀉而下。重案組穿過閃光燈此起彼落的媒體採訪車，走進失蹤者家裡。失蹤者母親癱坐在地，幾近昏厥，失蹤者的父親則對警方咆哮，要他們立刻找到女兒。正賢匆忙上前，安撫失蹤者的父親情緒。

「我是湧泉警署重案組組長鄭正賢，伯父，我們會立刻展開搜查。在此之前，想再確認一下有沒有收到可疑的電話？」

「沒有！沒有任何電話。你們到底在幹什麼？這麼久了，還沒抓到把我女兒害成這樣的那個傢伙？」

失蹤者父親高聲咆哮，原本在安撫他的警察們不知所措，看向正賢求助。

「我能明確告訴您的是，感謝您及時報警，我們才能和廣搜隊合力組成搜索隊，我們已經縮小搜尋範圍，現在馬上就能開始行動。」

失蹤者父親粗魯地揪住正賢的衣領，然而，他很快就意識到自己此刻無能為力，瞬間無力地啜泣。

「請再相信我們一點，等一等，好嗎？」

正賢緊握住他的手，一旁哭紅雙眼的女人輕輕抹去淚痕，一起握住了他的手。

「外面又黑，雨又大，孩子一定又冷又害怕。拜託您今天一定要帶她回家，好嗎？」

正賢無法直視女人的雙眼，低下頭，回以沉默。一走出屋子，他不顧一切地衝進大雨中，顧不得撐傘。他上了廂型車後，立刻以湧泉女子中學為中心，布署搜查隊。

先在地圖上標出第一名死者曾經上過的補習班，又標出第二名死者住過的套房，再將兩點以直線相連，測量後不多不少，五公分距離。接著，他以套房為圓心，畫了一個直徑五公分的圓，並以補習班、湧泉女子中學和失蹤學生的住家為中心畫了另一個圓。他標記出重疊部分，並將圓內範圍區域為準，安排布署搜索隊。畫完以後，地圖上那些鮮紅的圓彷彿對他投以譴責眼神。

要是在第一起案件發生時就逮捕凶手……正賢狠狠地打了自己的頭，止住這個念頭。無論是第一名死者還是與這起案件有關的人，他們都不應該成為與這起案件有關的人。他們就算走在漆黑的雨街，也不應感到害怕，要能平安回家才對。

7月24日

雨停後的清晨，即使是盛夏，陣陣涼風依然讓人顫抖。也許是因為這座城市被河流穿過，霧氣格外濃重。停在路邊，搖曳微弱的路燈映照著車內，勢賢喝著冰美式，好奇這樣的景象真的能被稱為浪漫嗎？

一則緊急暴雨警報訊息刺耳響起，手機螢幕閃爍著。勢賢低頭看手機，不知不覺已經凌晨四點多，搜索行動開始至今過了漫長的七小時，仍沒有任何進展。

調均絕不可能出現。全國現在都關注這個地方，他怎麼可能有膽子現身？媒體已經將他稱為史上最凶惡的連環殺手，分析他的殘忍手法和精密殺人計畫。不過，那都是一派胡言。

和外界的猜測不同，調均出生在一個平凡的家庭，姓胤，是獨生子。調均父親沉迷賭博，敗光家產，酗酒成性，而調均母親只能靠打零工勉強維持家計。每次父親賭場失利就會毆打他。醜惡之至的他不在乎最後溺死在田裡的那個男人，反而是下定決心詛咒因賭債而被賣掉的母親。

看到媒體將這種人吹捧成了不起的人物，她厭惡地關掉了新聞。他不是聰明人，而是懦夫、人渣。為了避免犯案痕跡被發現，他卑鄙地讓年幼的女兒處理屍體。

勢賢整理好服裝儀容，下了廂型車。正賢出於關心，好意建議她留在車裡休息，然而更迫切需要休息的，是如木筷般站得筆直、正在顫抖的他。正賢就像被海浪無情拋上岸，奄奄一息的鯨魚。看著他的正直天性在極端情況下逐漸被消磨，竟是別有一番趣味。

勢賢從廂型車裡拿出一瓶水遞給正賢，正賢似乎非常渴，一口氣喝個精光。

「謝謝。」

清晨的寒意讓他的聲音變得沙啞，布滿疲倦的雙眼在乞求著休息。

「你去睡一下吧。」

「沒關係。這是咖啡？」

「要喝嗎？」

「謝謝。」

勢賢打開瓶蓋遞過去，正賢像是忘了自己才剛喝過水，幾乎要將冰塊一口吞下似地猛灌下咖啡。九百名搜索人員已按照正賢設定的範圍反覆搜索，卻毫無收穫。正賢不得不擴大搜索範圍，可是結果一樣。

幸好雨停了，但天氣越來越暗。黎明來臨，氣溫驟降，搜索人員逐漸露出疲態，勢賢察覺到他們不尋常的眼神，有的人已經默默放棄了失蹤者生還的希望，在心中默默祈求她在天之靈能安息。

「徐科長，之前妳提到的照片，現在還留著嗎？」

正賢無預警地提起筆記本的事，勢賢一時答不出來。事實上，她一直暗中觀察他。和最初給人的笨拙形象不同，他自內而外、不曾消退的責任感令她賞識。而不漏掉任何細節，就算她不特意找他，他也會主動解決的勤奮都讓她滿意。

然而，正賢不能如此敏銳。勢賢望著他顫動的眼神，想試探他是否對她起疑。

「為什麼？」

「只是想確認一下那本筆記本。」

「所以為什麼？」

勢賢用責備的眼神看著他，他才彷彿被迷惑了般的狀態中回神，搖搖頭，開始解釋。

「不，不是那個意思。因為是寄到警署的包裹，我只是覺得會不會寄錯……」

「那是我的東西沒錯，要不要我聯絡寄件人確認一下？」

「不用了。不用了。真的不用。」

正賢連連擺手制止想拿出手機的她。無論他怎麼解釋，勢賢冷淡的眼神絲毫沒有回暖跡象。

「一向嘴嚴的人怎麼能在公開場合談論他人不好的回憶？你想看筆記本的內容就直說。我扔在國科搜的廢棄物處理場，如果你想要，我去找回來。」

說完，立刻瞪了正賢一眼後離開。她刻意維持步伐的穩定，這樣的反應已足夠表達她的不高興。若正賢能像以前那樣保持適當距離，她還能將他當成一個認識的熟人。這原本是可行的，只是前提是他對自己毫無興趣。即便知道這一點，她仍感到些許遺憾。

假使他再深入一步，就有可能揭開隱藏在過去懸案後的勢賢的真實身分。勢賢回到剛才待過的廂型車，打開車門。車上多了一個人。那人戴著眼罩，把椅背放到底，正打鼾熟睡。

正準備關上車門，目光卻被那人膝上攤開的地圖吸引。她想起剛才回到車子的路上，那些亮著燈，擠成一團的媒體車輛。她安靜地看著地圖，迅速拍下照片，又走了出來。她靜靜地靠在廂型車上，望著閃爍的路燈。

正賢顯然在調均寄來的筆記本裡聞到了可疑的氣味。勢賢緩慢地將指甲靠近唇邊。她需要製造一場小小的騷動。無論調均此刻在哪裡窺視這一切，他看到現場人潮必定會被嚇跑，她正好趁此機會，將正賢推到無法左右案件的地方。她已經和廣搜隊派來的搜查組完成交接，新團隊已經準備就緒，此刻是重新洗牌的好時機。只要讓正賢被大眾認為是在關鍵時刻屢屢犯錯的無能地方警署組長，公開讓他被趕出去就行了。

她再次悄悄地拉開廂型車車門，伸手拿走熟睡的男人旁邊座位上的警用背心。背心拉鍊已完全拉上，她不得不一一打開確認。雖有點麻煩，但勢賢對自己的絕妙點子無比興奮，絲毫不覺煩躁。更妙的是，這輛車停在角落，對面的人連她的影子都不會察覺。

遠處隱約傳來人聲，勢賢的手緊張顫抖，但動作變得更加精準迅速。她從左側口袋找到警察的手機，打開訊息介面，將「記者」輸入到通訊錄的收件人欄位。她搜尋了剛剛拍下的地圖上標有標記地區的路景圖，截下多張圖後，附加在訊息中，並寫上「檢舉人檢舉，請搜索」後按下傳送鍵。

勢賢將警用背心放回原位，甚至連角度都準確無誤，再無聲無息地關上車門，彷彿從未有人來過。她大口吸入混雜著霧氣的晨間空氣，沉浸在快感中。遠方忽明忽暗的燈光不斷搖曳，像在預告即將到來的未來。

為什麼會如此不顧一切地撲向那東西？勢賢注視著撲向路燈的飛蛾，覺得牠們與正賢有些許相似。兩者都明知不可能卻不懂放棄。只要她在他身邊，他就永遠無法抓住調均。

凝視著掉在地面的飛蛾，正賢那悲壯的執著竟出奇熟悉。胸口一陣壓抑感，她硬是咳了幾下，不過那股鬱悶沒有好轉，她開始瘋狂地咬著指甲周圍。

指尖傳來一陣刺痛，這次與夢境不同，是真的流血了。勢賢看著順著手掌無目的流下的血珠，最終滴落在地。倘使哪一天需要正賢，再製造一個類似的人就可以了。勢賢無情地斬斷內心湧動的情緒。

正賢還沒明白情況就被赫根拉著走。剛剛他幾乎是被赫根半拖半拉地塞進廂型車，來到湧泉女子中學停車場。由於學校正前方的考試院後巷狹窄，車輛無法進入，於是他們決定排成一列往上走。

「應該就是這附近。」

赫根將照片放大到全螢幕，不斷左右調整，確認方向。其他刑警也拿著手機，正賢不由得也掏出手機。原本還奇怪自己沒有收到任何消息，振宇發來的新聞連結便吸引了他。點開一看，「湧泉女子中學失蹤者目擊情報」為標題的新聞報導占滿社會版版面。這麼短的時間又發生什麼事了？正賢攔住一名廣搜隊刑警詢問。

「有目擊者檢舉？」

「是媒體那邊收到的消息，他們搶先曝光，我們還來不及確認消息的真實性，但大家想著就算被騙也無妨，先來看看，所以才會這麼慌亂。」

在宛如迷宮般交錯的窄巷中，刑警們的眼神流露出先前不曾見過的執著。連續數小時搜索同一區域後，他們早已感受到力不從心。更重要的是，刑警們臉上的疲憊感與專注力的下滑顯而易見。

正賢認為在未確認消息來源的情況下貿然行動十分危險，但其他刑警已經陷入瘋狂，只求能找到一絲破案的線索。正賢仔細審視了新聞照，考試院周邊區域在第一次搜索時就被列為重點關注區域，甚至為了以防萬一，在第二次的搜索時這個區域也被納入確認區域中。

即便這是個人煙稀少的窄巷，應該也不是凶手能輕易來去的地方。正賢心存懷疑卻也清楚眼下能做的只有這些，於是決定加入行動，一同搜查考試院周邊巷弄。

天色依舊昏暗，為了仔細搜索每個角落，他不得不反覆使用手機手電筒，手機的電量迅速耗盡，很快就沒電了。正賢匆忙走向停放在湧泉女子中學前的廂型車。越接近學校，校門口的人潮越是洶湧。

看到這一幕彷彿有人用手擠壓心臟般讓他不安。正賢不自覺地加快腳步，昌鎮看到了衝下來的正賢，拚命揮手示意。見狀，正賢的心跳加速。他艱難地分開人群，探頭一看。

正賢頓時感到天旋地轉，躺在地上的女孩彷彿熟睡般，而她的眉眼酷似昨晚揪住他衣領的男人，下半張臉則與那位冷靜懇求自己的女人相似。女孩身上的白色制服上衣已被鮮血浸染。

正賢震驚得靜止在原地，他抬起右手，狠狠打了自己一巴掌，試圖清醒。他無法再眼睜睜地看著無辜的生命死去。就在這時，儘管只是短暫的一瞬間，他彷彿看到女孩的手微微動了一下。

她還活著。遠處傳來隱約警笛聲，正賢不知如何是好，他只知道不能什麼都不做。他在人群中穿梭，尋找止血用的急救箱。在不遠處，他看見人群中面無血色，盯著女孩的勢賢。

正賢不顧一切地拉住勢賢，想把她拉到女孩身邊，但勢賢推開他。

「徐科長！幫忙急救吧，拜託。」

正賢抓住勢賢懇求著她。她看向正賢的眼神卻渙散失焦。

「組長，快來。」

錫宇焦急呼喚，正賢慌忙跑過去。他察覺身後傳來動靜，轉頭一看，勢賢已經搶先跪在女孩身旁。她將數層紗布疊在一起，深深地按壓在女孩傷口上。她的臉色如白紙般蒼白，看起來隨時可能會昏倒。

「金巡警十五分鐘前去了學校洗手間，那時這裡什麼都沒有。凶手似乎在那短暫的時間內，迅速將她放在這裡。目擊者提過最後看見她的時候，她還背著書包，但我們怎麼找都找不到她的隨身物品。」

「馬上安排人手調查周邊。救護車呢？」

錫宇仍不停地說明現場情況，然而，正賢的注意力已經完全放在女孩身上。兩名科學鑑識隊隊員合力止血，但現有的急救藥品撐不了多久。聽見有人在找紗布時，正賢毫不猶豫地衝向附近的便利商店。

明明遠處山頭隱約升起晨光，但清晨寒意未散。今天注定比昨天更漫長。

正賢再次拉開抽屜，確認是否遺漏了什麼。儘管桌面早已用溼紙巾擦拭得一塵不染，他仍覺得不夠，一遍又一遍地擦。錫宇從剛才就愁眉苦臉地緊跟著他。

「我說我很好，不要這樣。」

正賢開玩笑似地拍了拍錫宇的肩膀，錫宇卻仍一動不動地站在原地，幾乎是硬搶走了正賢想抱起的箱子，走出了辦公室。昌鎮這才默默地起身，皺眉說：

「他那副表情好像永遠再也見不到你一樣。」

「就是啊。」

「組長，你知道這不是你的錯吧？」

赫根隨口說，正賢的表情瞬間變得陰鬱。昌鎮輕拍他的背，沒再多說。正賢努力裝作沒事，故作輕鬆地走出去。電梯門開著，錫宇卻站在電梯門口，不打算讓路。正賢看見電梯鏡中倒映出錫宇愁眉苦臉的模樣，忍不住爆笑。

「這陣子不要再想案子了，讓腦袋好好休息。」

正賢只是笑了笑，沒回應，接過錫宇手中的箱子，走進電梯。他攔住想要跟上來的錫宇，快速按下一樓按鈕。

「不用了，你回去吧，我看到旁邊的人好像在準備開會。」

正賢用口型無聲地說了「謝謝」，揮了揮手。電梯門完全關上的那瞬間，他才鬆開了一直緊繃的臉部肌肉。

今天凌晨，女孩的父母前往醫院確認了身分。所有人都希望她能躺在病房裡，可是女孩終究還是在未乾的雨水上結束了短暫的一生。人們的憤怒再度沸騰，正賢的重案組組長職位被撤換，同時，廣搜隊那邊已經成立了特別搜查組，由他們那邊的總警[8]坐鎮。

他並不眷戀組長的職位。真正折磨他的是那天晚上未能遵守對死者父母的承諾。因為那份愧疚，他想也不想地趕往醫院，在那裡看見父母抱著女兒的遺體痛哭。正賢驀然醒悟，自己趕來只是想用這種方式減輕些許罪惡感，這令他無比羞愧。

8　Senior Superintendent，相當於台灣警監或資深警正級別。

正賢小心翼翼地推開民眾服務中心的門。這是他以後工作的地方。他能感受到四周投來的銳利目光，他默默地走到最角落的座位。民眾服務中心組長似乎不在，無人指派工作，他無聊地坐下，望著日曆，不知不覺已經是七月最後一週了。

忙碌的日子，時間眨眼就過去。今年的夏天沒去年那麼熱。民眾服務中心位於一樓，比起重案組更涼爽，只是日照不足，有點遺憾。奇怪的是，明明從凌晨就沒闔過眼，他卻一點也不感到疲憊，精神格外清醒，腦海中不停地浮現勢賢的身影。

救護車一駛離，勢賢就消失在正門另一側。正賢本能地想追上去，卻被錫宇拉住，只能停步。

從那之後，勢賢徹底消失，手機也關機。儘管他多次留言卻始終沒有回應。他漫不經心地玩著手機殼，察覺到輕微震動，立刻查看通知。

是振宇發來的訊息。大概是聽說湧泉案，覺得不放心才主動聯絡的吧。正賢猶豫著，正好看到推門進入的民眾服務中心組長，他禮貌地點頭致意，隨即回了訊息。

勢賢頭痛欲裂，她按著太陽穴坐起。結束相驗後，她本想在值班室補眠，卻又被一連串詭異的夢境糾纏，感覺像是沒睡一樣。她仰頭大口喝下冰水，緩解口渴。

照這樣下去，就算哪天猝死辦公桌上也不足為奇。即使是微風吹動窗戶的輕微聲響，都令她神經緊繃。勢賢放下水杯，開始回溯事情為何會偏離自己的推測。

認定調均絕不會出現在現場是第一個錯誤；相信他可能就在附近而失去冷靜地離開，是第二個錯誤。將那女孩送上救護車後，勢賢像瘋了一樣拚命逃離現場，她從未跑得那麼快過，心跳聲彷彿要震破耳膜，而她最後在一條陌生的路上徹底迷路。

她不能繼續在湧泉徘徊，於是搭了回首爾的計程車。剛一抵達，就聽說那女孩不幸死亡的消息。從發現時，那女孩就已經處於出血性休克和急性呼吸衰竭，儘管盡力止血卻已無力回天。強烈的噁心感湧上，勢賢衝出現場奔入洗手間。胃裡已經吐得空無一物，但仍然止不住嘔吐感，身體失控顫抖，她再也支撐不住，癱坐在地。

勢賢一直以為自己對調均的一切了如指掌，如施暴時的習慣性辱罵、握刀的方式、偏好的作案時間，什麼能讓他心情好轉等。然而，事情卻一再出乎她的預期，讓她感到迷惘。若他從一開始的目標就是她，他隨時都能上門殺了她，調均卻沒那麼做。

勢賢將三名死者的鑑定報告和照片，整齊放在難得整理乾淨的桌面上。越是仔細查看報告，越無法理解調均為何刻意改變犯案手法，藉此逼迫她的目的究竟是什麼？不久前剛開機的手機彷彿等候許久般彈出一個訊息。是正賢發來的。她簡短回覆，表示自己由於相驗的關係，臨時回了首爾。

正賢最終被逐出重案組。將他逼到懸崖邊，再踹他下去的正是勢賢。然而，當他真的被趕出去，她卻莫名感到空虛。除去潛在的後患，她一度感到得意，但那種情緒很快就消散了。勢賢又拿起手機，追加了一句「還好嗎？」。然而，她沒勇氣看回覆，迅速關機。那種難以掌握的情緒波動令她感到陌生。自從調均出現，她意識到自己越來越反常。

勢賢想確認自己是否有所遺漏，決定重新檢查鑑定報告。最引起她注意的是屍體乾淨的背部。若是精通解剖學的專家，必定會從背部和頸部著手，接著再解剖手臂，研究手臂的活動軌跡，甚至仔細研究腋下的淺層肌肉。但屍體的解剖痕跡卻特別集中在某些特定部位。

第一具屍體的腹部、右小腿和腎臟被摘除，第二具屍體則集中破壞頸部、肩膀到雙臂。沒有固定順序，解剖手法凌亂隨性，可是在為了縮小棄屍體積的分割技巧，毫無疑問是調均的作風。

還記得第一堂解剖學課時，她吸引了教授們的目光。這都要歸功調均的教導，但她無比厭惡調均帶給她的這些能力。從小調均就灌輸她關於屍體處理的人體構造、關節、周圍的神經和肌肉，聽到她耳朵都要生繭，所以對她來說，無論是課堂理論或實作，全都輕而易舉。

即使沒有完整的知識，她也能熟練地使用手術刀。不需要學長姐傳下來的考古題，她就能完整地剝離皮膚，解開纏繞的神經，乾淨俐落地摘除器官。她回想起第一次解剖學實習時，身旁的同學目瞪口呆、驚嚇的表情，她不禁露出微笑。

勢賢可以自豪地說，讀醫學系時她比任何人都要認真讀書。為了否定天生的本能，學習全新的知識，從入學到畢業的整整六年，她從未舒服地躺在床上過。她相信只要改變名字和容貌，壓抑本能，過去就會變得不重要，她能開始全新的人生。

然而，調均不一樣。他彷彿在看電視劇一樣，每次殺人後都會不停在腦海中重播殺人場景，直到下一次謀殺開始。這使得他的慾望越來越強烈，作案手法則必須變得更簡潔。然而，勢賢想不通調均為何改變作風，使用了複雜的細線。

勢賢凝視著照片中血跡斑斑的細線。那是調均留給她的訊息。那條紅線就像他綁住與他相似的勢賢的小指，將她拖向某個未知之處。

「工作還適應嗎？」

「嗯……就是單純的文書工作。」

「再怎麼忙也要偶爾聯絡，讓我知道你還活著。」

振宇一邊說著，一邊將熱湯倒入正賢的空杯中。

「我最近忙昏頭了。」

正賢不好意思，不敢正眼看對面，含糊地回應。

「又再敷衍我了，看你這樣，你自己也知道做錯了吧。明明說要請我吃好吃的，卻帶我來麵店，這像話嗎？一點誠意都沒有。」

旁邊登山社的喧嘩敬酒聲吵得振宇摀著耳朵說。

「這家是湧泉的老字號。」

正賢邊嘀咕邊用筷子攪勻麵條。振宇不滿地瞪他一眼。

「學長，你是不是和徐勢賢組長有私交？」

「誰？」

振宇急忙地將掛在筷子上的一根麵條塞進嘴裡。正賢遞上衛生紙，催促他回答。

「就是那位在首爾國科搜工作的法醫。」

「怎麼了？你對她有興趣？」

「學長你每天就只會說這種話，不是那樣子。」

「有興趣就說，我從中施點力，包你們度過一個溫暖的冬天。」

「所以你根本和她不熟，是吧？」

正賢邊抱怨邊將餃子分成兩半。振宇覺得他的反應很有趣，笑著將他分好的半顆餃子迅速放進嘴裡。

「不過就算問別人大概也問不出什麼。大家都想和她拉近關係，可是她總是劃清界線，大概有不可告人的過去吧。」

「怎麼可以說徐科長有不可告人的過去。」

「她上學時的綽號是『屍鬼』。」

「什麼？什麼鬼？」

正賢驚覺自己太大聲，趕緊捂住嘴，壓低身體。振宇見狀，也跟著壓低姿勢，在他耳邊低聲說：

「聽說她大一時就比教授還會解剖。當時在學校很出名。」

「這個消息從哪裡聽來的？可靠嗎？」

「啊，真是的。幹嘛老是懷疑人？我女朋友說的。她是徐科長的學妹。」

「你女友不是和你一樣大嗎？」

「徐科長年紀小卻提早入學，才喊她一聲『學姐』。雖然她年紀小，不過在那些所謂的天才之中也非常出名，你能想像她有多與眾不同了吧？」

正賢對振宇的話不感興趣，將剩下的餃子移到小盤子裡吃了一口。振宇見他沒反應，反而更激動，語速變得更快。

「現在這種天才卻被埋沒在國科搜，她心情會好嗎？」

「為什麼老是往那方面想？像她那種天才自願效力，應該覺得感激吧？」

「什麼自願。」

振宇原本大聲說著，像要透露重大機密似的，身體往前傾，小心翼翼地壓低聲音：

「她以前在醫院當住院醫生時闖了禍，被趕出去了。」

正賢含在嘴裡的餃子瞬間噴出，振宇嫌棄地扔了衛生紙，念了他幾句。正賢失魂落魄地咀嚼剩下的餃子，一臉不信振宇說的話，振宇好像感到冤枉，開始滔滔不絕地解釋。

「徐科長在手術時背著主刀醫生，私自將自己研究的方法用在病人身上，結果出了醫療事故。那位教授從她還是學生時就非常照顧她，推薦她進醫院當實習醫生，還帶她進開刀房。因為她，他整個職業生涯都差點毀了，背叛感可想而知有多大。那位教授頗具影響力，懷恨在心，四處放出消息，導致她現在被首爾幾家大醫院拒之門外。」

正賢聽完這些關於勢賢的荒謬傳聞，剛吃下的麵條像消化不良一樣，心裡鬱悶。

「雖然我知道她很有實力，但她的心理狀態並不正常。」

「那個病人後來怎樣？」

「幸好當時及時處理，沒有釀成大禍。如果那個病人出了什麼事，她連國科搜的門也進不去。吃完了嗎？我去洗手間，你結帳後先出去等我。」

正賢一口氣喝完杯中剩下的水，起身。在門口等振宇時，不小心被關上的門夾住了手，他對走來的服務生表示自己沒事，可是撞到的手肘仍隱隱作痛，他輕輕撫摸著，那一刻，勢賢毫不猶豫地說自己因正義感和使命感而選擇法醫這份職業的模樣，閃過了腦海。汽車輪胎碾過碎石打滑的聲音令人毛骨悚然，他轉頭一看，刺眼的陽光直射眼睛，他用力揉了眼睛，想讓自己清醒。

7月25日

正賢對市民微笑。因酷暑警報的關係，下午的訪客數量顯然比昨天少。他懶洋洋地將印好的小冊子對摺，用釘書機釘好。頭腦混亂的時候，果然單調的勞動是最好的。勢賢說自己因為相驗而提早回去的訊息已經發來一天了，他卻還沒回覆。

振宇口中的勢賢的過去，讓他不禁懷疑起她的笑容。他實在無法用這樣的心情若無其事地聯絡她，於是決定專注在還沒裝訂完的小冊子上。

「那位大叔又來了。」

剛從洗手間回來的隔壁警司不耐煩地將擦水的手帕扔在桌上。

「請問有什麼事嗎？」

「沒什麼。不過，你什麼時候說話才能不那麼拘謹？你繼續這樣說話，和你一起工作，壓力很大。」

「啊，對不起，我……說話習慣很難改。」

「習慣真的很可怕，對吧？」

警司和正賢目光相對，滿臉微笑。湧泉民眾服務中心和其他部門不同，分工明確，只要按時處理分內事務就行了。不像重案組那樣，幾乎把警署當成家，不停回放證據影像，四處奔波。民眾服務中心的分工明確，因此在這裡工作的人顯得從容不迫，正賢也正在努力適應這裡。

正賢依舊因為沒救回死者而感到愧疚。即使在日常中，那股情緒也會不時湧上。每當那種時候，他都會告訴自己，不再介入案件是為那些死者好。他選擇讓時間靜靜流逝。

正賢想擺脫沉重的情緒，走向入口處的飲水機倒水，就在這時，外面傳來震耳欲聾的吶喊，他嚇得杯子差點滑落。正賢小心翼翼地推開門，探頭查看聲音來源。某個老人家正在推著一名女巡警，並口出威脅。正賢吃驚之餘，迅速擋到女巡警身前。

「馬上給我讓開。」

「在警署內大聲喧嘩，會被以妨礙公務罪逮捕，請冷靜，有事好好說。發生了什麼事？」

「大人在說話，竟敢頂嘴！」

「我是在問這位警官。」

正賢果斷的語氣，老人家原本沸騰的怒火以不可思議的速度迅速平息。事情的原委很簡單：老人家不滿自己的要求沒被受理，開始大吼大叫，其實女巡警只是冷靜地解釋著民眾服務的受理流程，他卻生氣地引起騷動。在女巡警耐心說明事情來龍去脈時，老人家不斷在旁搗亂、打斷。

正賢忍無可忍，示意女巡警先進去，自己將老人家帶到警署外，要求老人家親自說明事情經過，老人家等不及地口沫橫飛描述。

「我就住在警署後面。保護國民不是警察的責任嗎？但你們卻在欺騙善良市民。」

「請冷靜，從頭開始清楚地說。」

「要我的行車紀錄器影片時狂催，現在卻裝蒜，你說我能不委屈嗎？」

「是因為最近警署後面發生的案件，才提交影片當證據？」

「對，其他人只交一次，只有我交兩次，你們至少應該感謝我吧？哪有讓人親自跑來要的？」

「我了解了。老先生，你一定非常不滿。請問你有沒有留著那位負責調查的搜查官名片或聯絡方式？」

「我早就打過了，是空號。」

「方便讓我再確認一次嗎？」

老人家從口袋裡拿出一張皺巴巴的便利貼，拍了拍後遞出。正賢立即打給情報科，請求確認湧泉警署員工名冊上是否有這個號碼。這期間，老人家從懷中拿出一把用韓紙[9]做成的扇子。扇面上的漢字看起來是老人家親筆書寫，筆跡工整，筆劃乾淨俐落。

正賢認為也許是那位搜查官一時疏忽，寫錯了一個數字，多次變換組合，不過仍舊一無所獲。一旁側聽通話的老人家逮住機會，又開始拉高嗓門咆哮。

「看吧，我早就打過了。韓國警察就是不聽人話。」

「很抱歉，你還記得取走行車紀錄器的搜查官長相嗎？」

9　又稱高麗紙。是朝鮮半島的傳統手工紙，由楮樹樹皮製成。

「那女人的眼睛就像這樣，細長細長的。」

老人家熱情激動地用兩手拉扯眼角，比劃出眼睛的形狀。

「一看就是會闖禍的眼睛，臉瘦得像個骷髏。頭髮這樣子。」

老人家用手指了指肩線以下的位置，正賢仿效他的動作，將手放在自己肩膀以下，腦海裡閃過一個剛好是這種髮長的人。

「請等一下。」

正賢打開手機，搜尋「湧泉記者會」，僅打出這五個字，在這盛夏他的指尖就冰涼了。

「對！對。就是這女人。」

正賢還沒把畫面給老人家看，偷瞄的老人家已經大聲嚷嚷。

「等一下，請再看仔細一點。」

老人家篤定的語氣讓正賢慌了。他急忙放大畫面，轉過螢幕給老人家看。

「我就說是她了，又不相信我。眼睛像蛇一樣長，頭髮長度也一樣，臉上瘦得沒多少肉。」

正賢張了張嘴，一時間不知該如何回應，看不下去的老人家催促他立刻拿來行車紀錄器。

「到底那段影片裡有什麼，她為什麼要看？」

「好，要敷衍我是吧？你以為我不知道你們是一夥的？我早知道會這樣，早就準備好了，換做其他人就被你們騙了。韓國警察可真是了不起。但我已經把所有東西都存到電腦了。」

正賢只是支吾地重複要老人家去休息室等待，拿著老人家給的ＵＳＢ，衝進了民眾服務中心。心急，以至於屢屢插不進ＵＳＢ接口。他從最新的影片開始播放，快速倒帶直到出現熟悉的畫面。當播放到第三支影片時，正賢直覺知道是這支影片引發的麻煩。

這支影片是第二起案件發生當天拍的。正賢和重案組已經花了數小時，將這影片逐幀分析過。可是當時的他不知道要找誰，現在大概知道了。正賢努力回憶，快速倒帶畫面直到夜幕低垂。夏日餘暉籠罩大地，一群開朗面容的國中生穿過。如果他的記憶沒錯，這時候應該要出現了。

雨點開始飄落，黑夜逐漸籠罩，一名雨衣套在制服外的女學生走出巷口，緩緩地消失在畫面外。勢賢為何明明看過這支影片卻始終保持沉默？每當他對過去案件提出疑問時，她總是會流露出疲憊，而這支她不惜偽裝身分也要拿到的影片是否有所關聯？這個想法讓他恐懼。

正賢腦海中閃過那張貼滿照片的厚重筆記本。他依稀記得照片中的女孩看起來不過是國小低年級生的模樣。說那些照片單純說是前男友發來的，這種說法疑點過多。

回想起每次提到共犯時，勢賢都會採取攻擊性姿態，此刻回想，那種反應過度激烈。越是思考，勢賢的身影就越清晰地遊走於過去的分屍案，與現在的連環命案之間。

想到這裡，正賢連忙拿出手機，解鎖螢幕後，方才搜尋的記者會新聞立刻出現。他從抽屜中取出耳機戴上，點開新聞底下附上的簡報影片，畫面中，勢賢從容不迫地回應記者提問。

勢賢聲稱自己在警署內聽到關於第一名死者的個資，正賢又一次反覆查看刑事科內部共享的資料，四周彷彿被無形的牆壁堵死，令人窒息。那些纏上他的疑問甩也甩不去。

勢賢發現第二具屍體真的是巧合嗎？荒謬的假設在腦海中盤旋不去，正賢的思緒又回到那本寄給勢賢的筆記本上。他下定決心，無論如何都要確認裡面究竟有怎樣的照片。

從昨天開始，除了相驗外，勢賢寸步未出辦公室。她吃了能一口吞下的三明治或紫菜包飯當正餐，連上廁所的時間都不願意浪費。除了維持生命不可少的咖啡外，她也沒碰任何液體。勢賢的目標是解開縫線的意義。那是找到調均的唯一線索。她甚至翻出學生時期的上課資料，想找出那條縫線隱藏的真正意義。

由於受不了空調吹得頭髮亂飛，她將所有頭髮往後撥，紮成一束馬尾。完全暴露在外的脖子感到一陣涼意，瞬間起了雞皮疙瘩。她從抽屜最底層翻出毛毯隨意披上時，鼻血流了出來。這具肉體太虛弱，很難在這個險惡的世界生存。她無奈地笑了。

勢賢隨手拿起衛生紙止血，但血已經濺到桌子和地板上。她煩躁地推開椅子起身開門，門外一個穿著黑色西裝套裝的男人盯著她，在他身後還有好幾個人抱著藍色箱子，排成一列，好像在等什麼。勢賢神情僵硬，本能地擋在辦公室門口問道：

「有什麼事嗎？」

「徐勢賢科長？我們來自首爾西部地方檢察廳。聽說你曾收了與最近三起命案有關的重要證物，我們來取回。」

勢賢對搜查官的話感到不悅，反問：

「你們帶搜查令來了嗎？」

「沒有。當初是自願提交的證物，無需搜查令也能扣押搜查。」

搜查官雙手交疊，保持禮貌態度，然而，勢賢無法隱藏對不速之客的震驚。

「我沒有提交過證物，也沒有收過任何東西。我完全不知情。」

「聽說是書籍類的東西。」

搜查官的話讓勢賢感覺被逼到死角。縱使不知為何自己成了調查的對象，但搜查官們只在她辦公室門口徘徊是一種委婉表態，表明不想正式展開對國科搜的搜查。這副模樣讓勢賢感到不快，她不甘示弱地說：

「沒有那種東西，你們自己進來找。」

勢賢堅決的語氣，讓檢察廳搜查官猶豫了一下，勢賢大開辦公室的門，示意他們進來，他們才一個接一個進入，先翻查放在桌上的解剖學資料，再打開抽屜，翻亂了裡面厚厚一疊紙。由於專業書籍有一定的厚度，要檢查完書架上的書顯然時間不夠，他們請求勢賢的諒解，將所有書都裝進箱子裡。

勢賢辦公室被搜查的消息很快傳遍了國科搜。人們擠在走廊和樓梯觀看這難得一見的景象。那些搜查官也感受到眾人目光的壓力，迅速收好需要的物品，將勢賢辦公室整理乾淨後立刻撤離。遠處傳來的准京興奮的高跟鞋聲格外側耳。

勢賢匆忙收拾好包包，粗魯關上門，從另一邊的樓梯下樓。她不斷深呼吸以平息怒氣。反正有大把休假可以用，不用擔心，不過這樣離開工作崗位已經是這個月以來的第二次，這讓她很介意。

她無法忍受井然有序的日常生活被打亂，這時，她察覺到地面有道細長的影子而停下腳步。她不懂本應該在湧泉的正賢為何會出現在這裡，還擋住她的路。

勢賢沉默看著他的眼睛，瞬間明白這場荒謬的鬧劇是誰搞出來的。勢賢不想再製造更多麻煩，徒增壓力，於是壓抑想賞他一巴掌的衝動。

「我有事想問。」

正賢冷靜地問。勢賢簡潔地回應：

「問吧。」

「妳是不是隱藏了關於懸案的資訊？」

勢賢不等他說完就發出冷笑。她對他隱瞞的事情多得數不清。

「我想相信妳，所以如果妳知道什麼，請先告訴我吧。那樣的話，我……」

「為什麼要懷疑我？我唯一的錯就是容忍你為了彌補過去的錯，做的那些事。」

正賢一時屏住了呼吸。從湧泉到首爾的路上，他一直猶豫著，不過最終並沒有阻止這場搜查扣押。即使那本筆記本是寄給勢賢的，但收件地址是重案組。時間緊迫，來不及申請搜查令，因此正賢決定將它視為自願提交的物品，強行進行搜查扣押。他早已做好心理準備要承受勢賢的攻擊。然而，此刻站在他面前的她完全像另一個人。勢賢的話否定了她過去給予的安慰，並撕裂了他的傷口。正賢努力掩飾顫抖的聲音卻停止不住哽咽，最後只能低下頭。

看見正賢這副模樣，勢賢無比煩躁。對他人情緒做出反應對她是最困難的事，所以，每次當她看見有人說話說到一半就先掉淚，她第一個反應就是憤怒。

「我不知道你在找什麼，所以讓他們全都帶走。如果我有隱藏什麼，很快就會被發現。不過因為你剛才做的事，我秋天的調任機會已經泡湯了。不管你要調查懸案還是去抓那個男人，從現在開始，都和我無關，你自己想辦法。」

勢賢一點都不在意正賢現在是什麼表情，只想快點離開國科搜。

「妳也……見過那個男人吧？」

勢賢停下腳步，調均的出現分散了她的注意力，她沒有預期到漏掉的幾許火星竟然會成燎原大火。馬上就要天黑了，人群很快會出現，她必須阻止這場令人不舒服的對話。勢賢加快腳步想要離開。

「所以當我第一次提起這件事時，妳並不驚訝，是吧？因為妳也認識那個男人，所以……」

勢賢將手中的包包砸向正賢的臉。怒火毫無預警地爆發了，她喘著大氣，失控地拉扯包包的帶子，包裡的物品全散落在地。勢賢頭痛欲裂，不確定是因為頭痛，還是因為無預警爆發的怒火。

「妳是怎麼遇見他的？」

正賢的左臉頰已經腫起來，但仍站得筆直，勢賢只想把所有的痛苦都算到他頭上。她頭也不回地跑向停車場。正賢沒有追上去。她粗魯地轉動方向盤，彷彿想抹去關於正賢的一切。

勢賢隨便將車開入地鐵站附近的路。一陣陣湧起的噁心感讓她衝進地鐵站的廁所，將手指伸進喉嚨，像是要將這段時間從正賢那裡收到的情感全部吐出去般。她踉蹌地走到洗手台刷牙，隨意擦去從下巴滴落的水滴。短短幾天，她的臉頰明顯消瘦。她看見一個女孩透過廁所的鏡子看著自己。她轉過頭看見一個綁著兩條辮子的女孩正無神地看著她。自從知道調均還活著，那些她不願面對的記憶就經常浮現。

儘管有很多事，勢賢已經分不清是自己的幻覺還是真實發生過的，然而，被調均打過的記憶，甚至連當時的天氣都歷歷在目。現在想來可笑。小時候，調均討厭她留長髮，只要頭髮稍微蓋住耳朵就會立刻被剪掉。勢賢雖也覺得短髮活動方便，更喜歡短髮，但還是對兩條辮子感到不捨。那女孩對她失去了興趣，專心玩著著色遊戲，勢賢凝望著那顆圓潤整齊的後腦勺，直到滿足後才走出去。

勢賢從廁所旁的置物櫃拿出了筆記本。她預先付了一個月的保管費，沒想到這麼快就拿出來。雖然心疼那些錢，不過從結果看來，這是個正確的選擇。世事難料，就像她從未料到正賢會派搜查官來查自己。

筆記本在這段期間吸收了梅雨季節的溼氣，變得沉重且膨起。勢賢在驗票口旁的麵包店買了幾個甜甜圈，蜷縮坐入狹隘的椅子。她咬了兩口水分流失，口感變得乾硬的麻花捲，立即又放回袋中。

即使有工作，名下也有兩間房子，然而，她沒想到自己無處可去。她感到極度疲憊，抱著包包，蜷縮身體，沒過多久就睡意襲來。她努力不闔上眼睛，因為一閉上隨時都會睡著。對於執著於活著的自己，她有時會感覺很奇妙，有時會感覺陌生，但至少現在，她還想再活久一點。

她把筆記本拿到眼前仔細端詳。不就是本筆記本。她正要翻開，正賢的最後身影便浮現腦海，她嘆了口氣。勢賢很享受主導正賢的情緒，她安撫了他封閉的心靈，並提供給他一個能夠傾訴祕密、能依靠的地方。這是最卑劣卻也是最快速獲取所需的有效方法。依賴她的正賢無論是有意識還是無意識，都持續地透露了調查資料。要是他能乖乖待著不動，勢賢本可以順利抓住調均，還能替正賢洗清過去的愧疚感，創造一個合理的結局。可惜正賢搞砸了一切。

在國科搜與正賢相遇的畫面不斷地刺激著勢賢的神經。她想徹底整理掉關於正賢的想法，於是翻開了筆記本。有的照片上的臉已經被損毀得面目全非，完全無法辨認。調均明明什麼都做不好，卻對她的失誤格外敏感，只要一點點步驟出錯，開車回家的路上，他就會不斷毆打坐在副駕駛座的勢賢。

有一天被打到門牙掉落，鮮血直流，連廁所都不能去就回了家。回家後昏睡了整整兩天。從那天起，調均有一個月沒有動勢賢，是以一個月後，勢賢自己用石頭把另一邊的牙齒也敲碎，牙齒沒掉，但嘴唇裂開了，又享受了幾週不被打的時光。

想著當時，彷彿進行一場回憶旅行。痛苦回憶雖多，那時卻沒有現在孤獨。她沉浸在每一張照片中，直到最後一頁。翻閱這本不過大拇指厚度、記錄著勢賢過去的筆記本，而最後一頁竟然有著露出罕見笑容，掉了門牙的勢賢應該沒有特別值得高興的事，可是照片中的她卻笑得很幸福。這是唯一一張沒有與動物屍體合照的照片，也許那天受到了難得的讚美吧。

奇怪的是，越看照片越覺得陌生。落葉堆滿地面，顯然是秋天家門口的步道，照片中的女孩卻陌生到像是第一次見到的人。勢賢急忙闔上筆記本，莫名的不安讓剛才吃下的麻花捲幾乎要吐出來。她下意識地啃咬指甲，直到指甲被咬得破爛不堪，她才收拾東西，從座位上起身。

勢賢想讓自己冷靜，走進了地鐵出口附近的一家書店，她在書架旁看見剛剛在廁所遇到的兩條辮子的小女孩。小女孩正用手指著書上的字，一個字一個字讀。勢賢剛拿起一本書的手停住了。調均用鉛筆在單詞上畫線，吃力朗讀的模樣浮現在腦海。為什麼直到現在才想起來？調均有閱讀障礙，連一本普通的解剖學書籍都看不懂，但他依然每天將一本印滿人體結構圖的書捧在懷裡。那本書沒有關於人體結構的複雜說明，只有器官名稱和對應位置的標示。

調均用彩色鉛筆將不同的器官上色，每完成一頁，他就會畫線將身體部位和名稱連結起來做出標記，就像縫合在第一具屍體的脛骨周圍肌肉的線一樣。

勢賢想不起那本書的名字，隨便輸入幾個想起來的詞彙，進行相關搜索，卻一無所獲。她又跑進通往客運站的驗票口，地鐵已經離開了，但她沒有心力開車，於是決定等下一班地鐵。她煩躁地原地轉圈踱步，全高式月台門上映出的她，與筆記本最後一張照片中的女孩的臉重疊在一起。

手心不斷冒出的汗水不是因為悶熱的天氣，一股緊張感沿著背脊刮下，她的身體不由自主地扭曲變形。聽到列車進站的信號聲，她猛然抬頭，原本與她面容重疊的小女孩的臉，不知何時已側頭，靜靜地注視著她。

這裡是湧泉市市立綜合圖書館，開館時間長，深夜也人來人往。內部好像最近才重新裝修過，空調送來的冷風中夾雜著淡淡的油漆味。勢賢靠在放有解剖學書籍的書架旁，緩慢掃視著每本書的書名，只要有一絲熟悉就立刻取下翻閱內容。就這樣重複了好幾次，她在最底層的書架上發現一本書脊隨便用膠帶纏繞包起的書。

禁不起歲月侵蝕的紙張向內捲曲變形，她花了一番功夫才將書打開。扉頁印著的出版年度是一九九六年。勢賢剛打開書看了一眼又急忙闔上。感覺有人在書架縫隙間偷看自己，手臂上頓時起了雞皮疙瘩。她急忙下樓來到借書櫃檯前，坐在隔板後的館員看見她立刻走近。

「請將您要借的書放上來。」

勢賢遞出那本封面中間撕裂成兩半、破爛不堪的書，但沒有放到借書機上。女館員疑惑地想接過書時，勢賢卻握得更緊。

「我想看一下這本書的借閱紀錄。」

可能是勢賢語氣中的壓迫感，女館員立刻向其他人求助。

「有什麼事嗎？」

顯然比剛才的女館員更資深的女人打量著勢賢的裝扮。

「我來自湧泉警署科學搜查隊。」

勢賢從口袋裡掏出湧泉警署發放的臨時出入證。女人仔細查看出入證上的內容後，示意她進入。勢賢緊握著手中的書不放，只是讓女人看了已經泛黃的索書號。女人觀察了勢賢的神色，迅速抄下索書號，交給另一名館員。兩人圍在電腦前，頭靠著頭小聲交談。

懷中的書彷彿傳來心跳聲。調均不喜歡留下自己的痕跡，從不叫快遞，也不點外賣。或許正因如此，他特別喜歡圖書館，經常借書，認為書借了再還回去，就沒人知道誰讀過。他從未逾期，而且因為擔心有人把書借走，總是在閉館最後一課還書，隔天一開館又立刻借走。那本書幾乎可以算是調均的所有物。

「我們查了借閱紀錄，這三個月都是同一個人借走的。我們需要告訴您地址嗎？」

「這就是我來的目的。」

「這涉及個人隱私，我們不能隨便告訴您。」

女人越說越含糊，另一名館員則裝忙，表現出自己與此事無關的模樣。

「要我回去申請搜查令嗎？」

女人假裝考慮著，然而，勢賢已經注意到她手中那張被捲成圓筒形的便利貼。勢賢保持一貫從容的態度，反正這個女人不想捲入麻煩，很快就會將那張便利貼交給自己，並拜託她將此事當成兩人之間的小祕密。

「這是從伺服器裡調出的資料吧？如果我真的申請了搜查令的話，那麼那台電腦我也必須一併帶走。」

勢賢指著女人座位上的電腦，在空中畫了個圈。女人將便利貼貼在勢賢手中的書上，低聲表示那是本舊書，務必小心處理，然後若無其事地回到自己的座位。

勢賢沒有多說什麼，將帽子壓得更低後離去。她利用地圖應用程式搜尋了便利貼上的地址。假如正賢也查到這個地址，她很好奇他會做出什麼選擇？是將調均暴露於世人之前，還是會為了挽救勢賢剩下的人生而保持沉默？

縱使最後一次見面不過是幾小時前，勢賢發現自己已經想不太起正賢的臉。因為她討厭他那腫脹的臉頰，到最後都別過頭了。若正賢能再給她一次機會，她會更溫柔地勸他離開。

勢賢加快腳步，努力擺脫這些無意義的想法。幸好距離不遠，很快就到了湧泉女子中學。沿著大路往下走，她看見一家小吃店，而緊鄰著小吃店的窄巷則通往第一名死者住過的套房，和第二名死者上過的體大入學補習班所在的大路。巷子裡大多是民宅或小商店，勢賢還沒走進巷子就先在入口處停下腳步。

儘管標示著「女性安心回家路」，可是地圖卻清楚地指出這條巷子的盡頭有調均。在收到的地址對面停著一輛覆蓋深色防水布的卡車，巷子牆壁上的琴鍵塗鴉宛如嘴角裂到耳根的笑容。

勢賢從包裡拿出電擊棒。這是湧泉家被闖入後她立刻添購的防身工具。雖然覺得如果調均被電擊一下就死了，未免太便宜他，但因為湧上的不安，她還是將電擊棒的強度調到最高，然後走進巷子。

導航指引的終點是一家寫有可愛韓文字體招牌的小洗衣店。勢賢在黑暗中壓低身體，藏身牆角。店裡好像有人在熨燙衣物，昏暗的燈光中冒出陣陣蒸汽。光憑身影她就能確定店裡的男人是調均。

勢賢屏住呼吸，將身體擠進半開的門縫。心跳聲太大，她生怕調均聽見後回頭，她決定完全不呼吸。調均只穿著一件背心，汗流浹背，是最適合被電擊的獵物。

就在她要將電擊棒戳向調均的那瞬間，一股強烈的打擊感襲來，她跌坐在地。剛開始她還沒反應過來，直到頭部傳來的嗡嗡作響的劇痛。有人重重打了她的頭。視線逐漸模糊，她努力睜大雙眼，在逐漸閉上的眼縫間，她看見一個短髮的孩子。她恍惚間想著，莫非她做了一場童年的夢？

7月26日

「她沒來上班？」

檢驗員不可能說謊，然而，正賢難以置信，還是又問了一次。面對從一早就緊握著電話不肯罷休的正賢，檢驗員為難地回答。

——可能最近工作太累了吧。

檢驗員的話讓正賢莫名感到良心不安。不管怎麼說，她會過度勞累的始作俑者之一是自己。正賢道了謝後掛斷電話，窗上映照出他的左臉頰上有道清晰的筆直刮痕。與其說是對勢賢感到失望，不如說他更想責備自己最後沒能留住逐漸消失的她。那時的他沒有勇氣繼續面對變得陌生的勢賢。

無論如何，沒有事先告知就貿然搜查她的辦公室確實有點過分。正賢心情複雜，煩躁地抓亂了自己的頭髮。他當初究竟是抱著什麼決心才做出那種事？要是先問過勢賢，情況是否會有所不同？正賢按著額頭，反覆思索。

在正賢看來，勢賢雖不讓人靠近，卻是比任何人更坦率的人。或許正是因為這一點讓他更加依賴她。勢賢對於破案充滿熱忱，而正賢只是想和那樣的她一起抓到凶手。現在他才意識到，兩人的關係之所以走到這一步，恐怕是因為自己的判斷失誤。這使他的心情變得沉重。在釐清思緒後，他希望能儘快向她道歉。

然而，從昨晚起勢賢的手機就一直關機，直到早上也沒開機。不安的正賢查到她辦公室的號碼打過去，接電話的檢驗員表示她平時絕不會這樣，但從昨天下午因事離開辦公室後就沒回去過。

失聯整整一天，正賢最後趁著午餐時間，到了位於警署附近的勢賢家。他很清楚勢賢不會喜歡這種行為，但他無法安心地坐在餐廳吃飯，什麼都不做。更何況這附近才剛發生不好的事件，這使他更加擔憂。正賢小心地爬上樓梯，站在門前猶豫再三，最後還是敲了門。

「哪位？」

樓梯下傳來熟悉的女人聲音。正賢扶著欄杆探出頭，是之前見過的女房東。女房東也認出他，快步上了樓梯。

「你是那位學生的男朋友吧？」

「啊，不是的，我是她同事。」

「她不是學生？總之，能不能幫忙聯絡她？下週要進行排水管工程，這裡的廁所也會一起修，但一直聯絡不上她，她也沒回家。」

「她沒回家？什麼時候開始的？」

「唉呦，我哪知道，你沒看到那天鬧得多大嗎？我怕得連附近都不敢去，怕她又報警說有人擅闖。不過，大概是昨天吧？半夜樓上吵吵鬧鬧的，我以為她回來了，今天早上上去看，又看不到人。」

女房東就這樣抱怨了許久，直到正賢答應會帶勢賢回來，她才滿意地回到店裡。正賢打算離開，卻中途停下腳步，久久凝視著死者被發現的那根電線桿下方，過了許久才走向大路，返回警署。

「組長！」

聽到熟悉的聲音，正賢轉頭一看，發現錫宇三步併兩步跑出來，一把抱住他，露出久違的喜悅：

「朴刑警！過得好嗎？」

「唉呦，別說了。昨天吃飯的時候，昌鎮前輩還在感慨，在組長手下工作的日子是最享福的。」

「我現在已經不是組長，叫我名字就好。」

「一日是組長，永遠是組長！民眾服務中心的工作還適應嗎？」

「嗯，最近睡得很好，也吃得很香。」

「是啊，這才是正常的生活啊。我們還是在查以前去過的地方，看已經看過的影像，時間過去，現在話題熱度過了，媒體的關注也下降了，我們總算能稍微喘口氣了。」

正賢想配合錫宇的喜悅，不過臉色不自覺地變得陰鬱。看出他的異樣，錫宇將他拉到警署旁的長椅上。

「發生什麼事了嗎？」

「沒有。什麼事都沒有。」

「最好沒有。這表情就像被人打了一頓，要死不活的，到底怎麼了？」

錫宇雙手抱胸，一副不交代清楚就休想走的模樣。正賢猶豫了幾次，確認周圍沒人後，謹慎地開口：

「那個……平時準時上班，隨時都能聯絡上的人，突然一整天都沒消息，這種情況，應該值得擔心吧？」

「唉呦，才一天，再等等吧。不過是誰？看組長這麼坐立難安的樣子，好像對那個人做了虧心事。」

「是吧？是我反應太敏感了，是吧？」

「那個人住在湧泉嗎？」

「公司在首爾，但家是在湧泉……怎麼突然問這個……」

「年紀呢？」

「三十二歲……」

「是女性？」

提問一個接一個，錫宇的表情越來越嚴肅。當正賢點頭回答最後一個問題時，錫宇立刻拉著他進入警署的電梯。無法拒絕，他跟著錫宇，時隔許久踏入重案組辦公室。從刑警們看他的眼神中，正賢察覺到情況不尋常，努力壓制腦中不斷浮現的最壞想法。

勢賢逐漸恢復意識，最先感受到的是右肩傳來的劇痛。眼角處黏了某種乾掉的東西，讓她無法睜開眼睛。環顧四周，只見一片黑暗，耳朵仍舊嗡嗡作響，讓她分不清自己究竟是真的清醒了還是仍在夢中。

勢賢想站起，在雙腳用力的瞬間，身體卻失去平衡，整個人摔倒在地。不知是否摔倒時下顎撞到，一陣涼意傳來，開始隱隱作痛。她這才明白肩膀為何疼痛，有人將雙臂反折到背後緊綁。也許是抽筋的關係，指尖刺痛，動作越大，痛感愈強烈。即便不知是誰幹的，但對於平時連伸展運動都懶得做的勢賢來說，確實是恰如其分的酷刑。

勢賢又再次跪地，艱難地爬向那微弱透入的光線。剛想靠在門上休息，門卻突然打開，她就這樣頭朝下跌落，嘴裡不由自主地發出慘叫。灰塵直衝鼻腔與嘴裡，嗆得她連續猛咳，劇烈而痛苦。

躺在地上等了幾分鐘，疼痛依然不曾消退。勢賢吃力地撐起身體，打算先掙脫掉手臂的束縛。她正前方是一條寬闊的河流，不遠處停著一輛箱型卡車。調均正從卡車上拿出烹飪工具，同時向她點頭示意。她意識到自己剛剛在他面前發出了宛如將死之人的呻吟聲，這讓她感到屈辱。

勢賢一拐一拐地跟著調均。折疊式餐桌兩端各擺著一張椅子，調均示意她坐下，然後用剪刀剪開剛料理好的肉。這時一張椅子被拉開，一名看起來像是國中生的女孩坐下，用刀切著蒜頭。

勢賢茫然地站在原地看著兩人。河面隨波盪漾，彷彿有人將河面塗抹上一層橘紅色的晚霞，夏日芒草輕輕搔著勢賢的臉頰。她自然地走向那張空椅坐下，調均將蔬菜和肉包成一大團，大口塞進嘴裡。混著調味料的飯粒凌亂地沾在他的嘴角周圍，嘴裡咀嚼的食物若隱若現。

勢賢靜靜坐著，只是看著兩人。調均示意那女孩解開她的手，又往嘴裡塞了一塊肉。雙手恢復自由的瞬間，勢賢毫不猶豫地將坐著的椅子砸向餐桌，隨即逃跑。

跑了好一陣子，勢賢的頭猛然向後仰，整個人狠狠摔倒在地，背部摔在地上，她瞬間喘不過氣，調均拿起水瓶直接倒向她的臉，突如其來的水讓她無法呼吸，她抱住自己的喉嚨在泥地上翻滾掙扎。調均揪住她的頭髮，頭皮疼得如同火燒，她被一路拖回那個女孩身邊。

調均簡單扼要，介紹女孩的名字是「胤勢恩」，隨手撿起已經髒了的碗盤扔在餐桌上。勢賢顫抖著拿起筷子開始吃飯。時隔二十一年，她又回到了這個家。

正賢焦躁地抖動雙腿，坐立難安。他以相關證人的身分被帶入這個約四坪大小的偵訊室，這更讓他緊張。在錫宇的帶領下，他匆忙地將勢賢的失蹤報案，以最後目擊者的身分參加了證人調查。之後在下班路上又被叫回偵訊室。無從得知現在的情況讓他感到窒息，加上至今仍杳無音信的勢賢讓他更加不安。

緊閉的偵訊室的門開了，兩名神情凝重的刑警走入，其中一名遠遠地站在門邊，另一名則端正地坐下，雙手並放在桌上，喊了正賢的名字。

「鄭正賢先生。」

刑警沒有繼續說下去，正賢開始流露不耐的神情。

「我需要知道我為什麼會被叫來這裡。」

「你認識徐勢賢吧？」

「當然認識，我下午才寫了目擊者陳述書。」

正賢的回答讓氣氛更加冰冷。

「我只是來參加證人調查，如果沒有其他要說的，我要走了。」

正賢意識到事態嚴重性，一說完就粗魯地拉開椅子站起。

「坐下！」

另一名刑警攔住正賢，嚴厲規勸。正賢毫不猶豫地推開刑警，朝門口走去。

「那就看完這個再走。」

刑警隨手將幾張照片扔在桌上。有點眼熟，正賢拿起照片細看。是勢賢的家。

「這些照片從哪裡來的？」

拿著照片的手和正賢的聲音一起顫抖。兩名刑警察覺到他的情緒變化，交換了眼神，沒有說話。正賢腦海浮現昨晚勢賢離去的背影，倘若激怒這兩名刑警，恐怕無法得到任何資訊，這讓他變得更焦急。

「我是因為這次案件才認識徐勢賢科長的，如果你們看過新聞記者會的影片，就會知道徐科長是負責這次相驗的法醫。我從昨天下午就聯絡不上她，所以才告知朴錫宇刑警，進行了證人陳述。至於這些照片裡的地點，是因為我曾偶然去過才認出來的。」

正賢不想刻意提起行車紀錄器的事或過去分屍懸案，製造不必要的爭論。

「請看這張照片和這張。這是接到失蹤報案後，我們調查徐勢賢的住處和行蹤時發現的。這是第一名死者用過的耳機，而這是第二名死者使用的護唇膏。這兩樣東西都是在徐勢賢家門口的垃圾袋中發現。」

刑警的話讓正賢受到巨大衝擊，他一時間不知該說什麼，整個人僵在原地。對面的刑警示意他坐下，正賢才如同虛脫般跌坐倒椅子上。兩名刑警彷彿早已料到他的反應，互相交換眼神，將照片整理好推到一旁，又推給他另一張紙。

「這是第一個發現第二名死者的證人的證詞。上面有徐勢賢親筆簽名與蓋章。」

正賢搶過那張紙，迅速掃過，怎麼看都找不出問題。他不悅地反問：

「哪裡有問題？」

「在持有死者隨身物品的人家門口恰好發現了屍體，而發現屍體並寫下證詞的人就是擁有這些隨身物品的人。你還不覺得有問題？而且這段時間，你也起了疑心。」

昨天簽發的搜查令輕輕蓋在勢賢簽名的陳述書上。

「你到底在找什麼？甚至還搜查了國科搜辦公室？」

「那是……因為徐科長擅自保管了寄給重案組的包裹，我想親自確定那個包裹是否與這次案件有關。」

正賢不想後悔自己做過的事，然而，他射出的箭矢已經朝勢賢射去。

「假如只是因為這個原因，你為什麼不直接打電話跟她要？為了這點小事叫上了檢方搜查官，真是了不起。」

「你們手上就只有這些嗎？看起來只有一些間接證據，用這些能證明犯罪嗎？」

刑警發出嘖嘖聲，用失望的眼神瞪著正賢。正賢不理會那刺痛人的視線，繼續說。他不想再繼續在偵訊室浪費時間。

「昨天房東說聽見樓上有動靜，如果需要，我現在就可以去請房東作證。還有那些證物，說不定是凶手故意留在那裡的。這一個可能性也應該考慮進去吧？」

「唉，夠了吧。」

「就是啊，旁觀者都替你覺得難受。」

正賢聽著他們的嘲笑聲，氣得滿臉通紅，再也忍不住，猛地站起，這時一疊印有聊天室對話截圖的紙如雨點般灑落。

「這段時間，案件資訊一直流入媒體的手裡，是吧？她是個危險人物，你和她共事卻沒發現？」

正賢壓抑翻湧的情緒，從第一頁開始仔細閱讀，訊息紀錄中有一方的對話框是空白的，而另一方不斷地道謝。這是什麼情形？正賢滿臉困惑。

「這些對話紀錄截圖是記者給的。那名記者獨家報導了湧泉女子中學失蹤者目擊情報。你猜和那個記者對話的是誰？不知道那個人究竟用了什麼手段，讓記者死都不願開口。可惜在這裡露出破綻了。」

刑警不經意地將裝有手機的塑膠袋放到桌上。

「我們搜查徐勢賢住處時，發現了她的手機。經數位鑑識後成功復原刪除的訊息。我們再去問那名記者時，他的態度有了一百八十度的轉變。」

在一旁不悅的刑警隨手扔來一張照片，並表示照片中的影像雖有些模糊，但那張正在張望四周的勢賢的側臉卻清楚地被捕捉了。

「那個記者最後全都說了。湧泉女子中學目擊者的爆料是徐勢賢自己放的。真是大膽，竟敢偷警察的手機。」

「我們也分析了路燈上的閉路電視影像，也調查了所有出入過那輛廂型車的人的手機。」

刑警們咄咄逼人的質問將正賢的理智逼到極限。緊握勢賢照片的他一臉失望，像要倒下般地靠著椅背。這時門突然打開，他被嚇得起身。刑警們看著他的眼神已經從輕視轉為憐憫，走了出去。正賢急忙跟上，一把抓住其中一名刑警的手臂。

「請再仔細調查一次，不可能是這樣的。她是為了解決案件奮不顧身的人，而且是知名的法醫。你們仔細想想。那種人為什麼要犯罪？她能得到什麼好處？我是真的不懂才問的。到底為什麼……」

「喂，現在連你都很可疑。如果不想因為協助逃亡罪被補，就不要妨礙調查。老實點。」

另一名刑警粗魯地想推開他，正賢不退讓，反手抓著刑警的手腕。走廊上響起的吵鬧聲，附近兩名巡警立刻跑過來拉開正賢。刑警不耐煩地拍打衣服，撂下威脅的話後便離開了現場。一旁觀看的那一名刑警沉默地跟上。

「接下來會怎樣？」

留在原地的正賢像是自言自語般，顫抖無力地問。

「能怎樣？已經發布通緝令了。想知道她為什麼那麼做，就等抓到以後，自己去問她。」

7月27日

調均熟練地換掉了車牌，將車鑰匙扔給勢恩，她順手接住直接走向駕駛座。勢賢透過微微敞開的縫隙看著外面昏暗的景象，猜測現在應該是晚上。她完全不知道現在停在哪裡，也不知道他們要去何方，被關在卡車車廂裡幾天，她完全不清楚。由於吃飯的時間不規律，無法用吃飯的時間來計算過了多久。

車廂被布置成臨時的住所，調均和勢恩會輪流進來睡覺。他們時不時會將車廂蓋上防水布或更換車牌，用障眼法把這輛卡車偽裝成不同的車輛，並不斷地移動。

調均拍掉鞋子上的泥土，爬上車廂後，勢恩從外面鎖上門。勢賢側頭忽視他。反正雙手被繩子綁得發麻，根本動彈不得，她早已放棄逃跑的念頭。只是不知道這種睡也睡不好，也無法好好洗澡的奇異生活究竟要到何時，只能嘆氣。

很快會有人注意到勢賢沒去國科搜上班，可能是在勢賢手下工作的檢驗員，可能是討人厭的准京，也可能是需要人手工作的所長。勢賢擔心要是有人向警方報案失蹤，她的手機會先被調查。然而，與其這樣活著，那樣反而更好。

不久前才出現第三名死者，若又傳出一名類似年齡層失蹤的消息，調查工作肯定會加快。如果這件事傳到正賢耳裡，他會怎麼做呢？是會想盡辦法找出勢賢，還是認為這樣剛好，索性置之不理？這讓她感到好奇。

聽見調均的腳步聲靠近，勢賢毫不掩飾厭惡之色，瞪著他。調均一言不發將手機上的新聞頁面給她看。當勢賢想要別開頭時，調均粗魯地固定住她的臉，逼她看著螢幕。

勢賢原本想要數一數在這長達五分鐘的影片中，自己的名字被提及了多少次，但中途放棄了。要是那些人親眼看到她此刻狼狽的模樣，還能說出那些話嗎？她感到十分委屈。

這類人被認為患有反社會人格障礙，俗稱心理病態。其實這不需要太過大驚小怪，因為大部分的心理病態者都像普通人一樣，過著平凡的職場生活，正常與人來往。

男主播和犯罪專家小組坐在一起，討論勢賢犯下的殘忍罪行。勢賢冷笑，坐在一旁的調均也跟著張大嘴巴，喉結上下起伏，發出刺耳的笑聲。

他們到頭來無法隱藏自己的天性，依舊會犯罪，並且為了掩蓋罪行，不惜犯下更多違法行為。現在畫面上看到的就是在徐某家門口發現的死者隨身物品。她進出案發現場查案的同時保管著這些隨身物品，無恥地欺騙大眾。

畫面下方滾動的跑馬燈顯示，警方已指認勢賢為共犯，並發布通緝令。勢賢靠近螢幕，仔細確認那些隨身物品。她從未見過那些東西。看著身旁得意洋洋的調均，不用多看也知道這是調均做的好事。

接著，為了分析勢賢與凶手的關係，她過去到現在的經歷被整理成圖表。看來他們調查得相當仔細，除了調均的部分，其他內容大致正確。不知道什麼事讓調均那麼開心，他咧嘴大笑。可能對他來說，勢賢已經沒有地方能回去這件事讓他最開心吧。他惡作劇地戳了戳勢賢的臉頰，大字型地躺回床墊，很快就響起了如雷鼾聲。

調均對過去的事情隻字不提，不過看來那場事故讓他的手臂受了重傷。縱使日常生活不受影響，但偶爾會因肌肉疼痛而抽動，勢恩每天都會為他準備藥物。

勢恩可能因為年紀還小，和她相處一陣子後，她很快就像同齡孩子一樣說個不停。她說媽媽離家出走了，可是勢賢心裡清楚，八成死在調均手裡了。即使勢恩如此開朗，但每當談到調均時，她仍會露出明顯的恐懼。調均在勢賢面前裝得一副親切的模樣，然而，在看不見的地方，大概仍像當初對待自己一樣粗暴地對待勢恩。

刺耳的警示燈聲響起，調均一下子坐起，那是隧道裡防止駕駛打瞌睡的警報聲。他衝到車廂前方，用拳頭瘋狂打著牆壁發洩怒氣。「江山易改，本性難移」這句話浮現在勢賢的腦海中，她忍不住露出嘲諷的笑意。短短一瞬間，一記巴掌落在她的臉頰上，她的嘴中頓時血味蔓延。

一拳不足消氣，調均又想打時，踩到床墊滑倒，勢賢爆笑。他還是老樣子，還是只敢對弱者洩憤。勢賢終於明白自己能活到今天的原因。在這個扭曲的家庭關係中，勢賢的角色只有一個。那就是當調均殺了人時，她要確保世人無法發現死在他手上的人。調均以後也會繼續過著躲避強者視線，對弱者下手的生活。

正賢今天依然在勢賢家附近來回徘徊，最後不得不返回警署。勢賢一夜之間成了名人，犯罪時事節目爭相調查並播放她的生平，同時臆測哪些人可能是她的犯罪同夥。荒謬的推測層出不窮，從前男友到私生子，這些節目的焦點早已不是抓住凶手，而是純粹熱衷解剖她的私生活。

正賢現在幾乎等於被禁止進出重案組，這讓他無從得知調查的最新進展。不過他猜想，重案組的同事們大概只是埋首於分析從勢賢家和辦公室搜出的各種證物。

再也坐不住了，他開始著手整理至今調查的資料。一九九七年七月下龍、九月始興、二〇〇〇年西平澤，以及二〇〇二年八月湧泉，這四個城市全都位於西海岸高速公路沿線。每當正賢提及過去的案件時，勢賢的態度會立刻轉變，彷彿刻意逃避話題。為了釐清與她相關的一切，正賢必須更深入挖掘這些舊案。

正賢小心翼翼地取出振宇悄悄提供的調查資料。那是他先前拜託振宇去其他區廳調查懸案資料，好不容易才得到的。他仔細比對資料中的內容和西海岸高速公路沿線其他地區的案件。二〇〇一年六月群山和二〇〇一年十一月務安也發生過類似案件。凶手從不在同一地區或同一月份犯案，而是選擇在人跡罕至的地方行凶，將屍體扔在遠離案發現場的地點，再從容地離開該城市。

儘管這些案件有如此多的相似之處，之所以一直沒抓到犯人，是因為犯罪時間間隔長達一年，且作案地點分散。案件一而再、再而三發生，但在那個年代，各地方警察機關之間很少交流，資訊也不容易分享。說到底，這種執法上的怠慢，最後釀成六條無辜人命受害的悲劇，已經無法挽回了。

但為什麼這些犯罪行為在二〇〇二年突然中斷了呢？一個念頭在正賢腦中一閃而過。他仔細比對了二〇〇〇年案件第一目擊者的證詞，和七月十九日發現的第二具屍體的調查資料。他注意到，過去案件證詞中曾提及有未成年者，而現在的案件中也出現了難以辨識的指紋。這或許就是連結過去和現在案件的關鍵線索。

正賢張開所有手指，一一回溯時間。二〇〇二年，勢賢正好是十二歲。這和先前案件第一目擊者提到的河邊遇見的孩子年紀差不多。那麼，那天在河邊打水的孩子是否就是勢賢？假如是，她為什麼會幫忙棄屍？

在小冊子上飛快書寫的筆頓停，若過去的案件和現在發生的連環命案是同一人所為，他還能肯定勢賢和這起案件無關嗎？無論是過去還是現在，凶手似乎都不是單獨犯案。要是當年是個不會留下可追查指紋的孩子負責處理屍體，那麼至今未能找到屍體上指紋的主人也就說得通了。那麼，犯人和勢賢究竟是什麼關係？不斷冒出的問題讓他頭昏腦脹，腦海中浮現一個骨瘦如柴的小手拖著水桶的畫面，讓他的心情更加糟糕。

從屍體遭到毀損的時間來看，勢賢的不在場證明可以說是無懈可擊。找不到勢賢和死者有任何關係，證物中也沒檢測出她的ＤＮＡ。但是，勢賢頻繁往返於首爾和湧泉，積極參與調查，還特意在警署附近租房子，更不用說在她家門口發現了死者的私人物品。這些都足以讓她成為有力的共犯。

然而，不管怎麼想，突然人間蒸發不符合勢賢的行事風格。他不是只相信自己想相信的事，更不是自以為非常了解勢賢，只是他確信，如果勢賢真的是共犯，自己絕不可能有機會深入參與案件。這幾天在她身邊的觀察讓他發現，她就像蒙著眼睛下樓梯的人一樣處於危境。那晚在小巷遊盪的勢賢，全然不知自己膝蓋已經血跡斑斑，那雙焦慮不安的雙眼分明在求救。

中午休息時間看來即將結束，外頭開始傳來嘈雜聲響。正賢急忙收拾好資料放進包裡，接著查看今早帶來的酒駕者自願同行書是否簽了名。最近煩心的事越來越多，哪怕只是靜靜坐著，他也習慣性地嘆了口氣。

勢賢究竟過著怎樣的人生？在搜索引擎中只需輸入她的名字，相關文章和論文就會密密麻麻地占滿整個頁面，還有數不清的學術期刊證明她的實力。但諷刺的是，這些資料中沒有一個能解釋她的背景。在與勢賢共事期間，他始終驚嘆於她的敏銳，也心生羨慕。對勢賢的感情一開始是仰慕，然而，隨著一起度過的時間變長，自然而然地轉為好感。當他向她傾訴自己的祕密時，她既沒有責備，也沒有同情他。

勢賢的冷靜幫助正賢區分了過去已無力改變的事和當下必須去做的事。但外界卻將這一切描繪成是她精心策劃的陰謀，正賢不過是個被騙的傻瓜。看到那些曾經坦然接受勢賢好意的身邊的人，如今卻爭相散布她有多麼可怕，正賢寧願選擇繼續當個傻瓜。倘若勢賢真的是共犯，那麼當務之急應是抓住凶手，並讓勢賢為自己的錯贖罪。可所有的媒體都只熱衷報導她是個多麼可怕的人。

他厭倦了看到那些人的嘴臉：不關心警方如何追蹤凶手或未來調查進行方向，只顧著採訪勢賢的大學同學。那些指責勢賢不正常的所謂「正常人」，他們的行為是否真的合理？正賢心中存疑。

當電腦畫面下方跳出新訊息通知，正賢像期待已久般立刻登入郵件。郵箱裡是他纏著錫宇好不容易才得到的資料。正賢請錫宇告訴自己帳密，請他使用「寫信給自己」的功能。若資料外洩的事情被發現，正賢打算謊稱是自己擅自登入錫宇的信箱竊取了資料。

這份資料記錄了勢賢失蹤前最後一天的網路搜尋紀錄。或許這就是所謂的職業病，她最後的搜尋紀錄全都與解剖學書籍有關。無論如何下拉頁面，畫面上盡是查詢書名的紀錄。從她購買前往湧泉的客運巴士票紀錄和搜尋時間來看，她在客運上也持續搜尋這些資料。奇怪的是，她從未登入過網路書店。既然不打算買，為什麼要搜尋這麼多的書？

要是她來到湧泉的目的是為了找某本書，那麼她的目的地可想而知。正賢立刻衝出辦公室。湧泉市共有三間圖書館，一間正在整修，暫時閉館；另一間在間湧泉大學校內，僅限湧泉大學和湧泉市市民使用；最後一間則是湧泉市政府管理的綜合圖書館。正賢毫不猶豫地決定好目的地，上了計程車。

7月28日

勢賢雙手被綁著，正在剝蒜。繩子緊緊勒住手臂，加上鈍掉的刀刃，僅是剝一顆蒜頭就讓她用盡力氣，汗水直流。正在西沉的太陽讓她意識到又過了一天，即便感覺已經過了相當長的時間，調均仍舊沒被警方列入調查對象，事到如今，她只覺得一切無比荒謬。要是一直這樣下去，別說一個月，一年恐怕也會轉瞬即過，她向來討厭不確定性，但被困在這裡，她能確定的事越來越少。餐桌上放上了一個大鍋子，裡面裝的是看不出實體的炒飯。整天沒吃東西的她看著這鍋玩意，心想這種時候，哪怕是生蒜頭也該謝天謝地，便舀起了一大匙放入嘴裡。

「勢珍姊姊呢？」

勢恩的問題一出口，空氣就驟然死寂。勢賢瞥向旁邊的調均，卻見他只顧低頭扒飯，吃飯吃得像喝湯一樣，接著就起身離去。勢賢覺得奇怪，終究沒開口，只是又將湯匙放回鍋中。

「真的是姊姊殺的嗎？」

勢賢這才意識到勢恩在對自己發問，頓時皺起眉頭。

「爸爸是這麼說的。」

勢賢聽到「爸爸」這個詞，怒火瞬間湧上，一下子站了起來，放在餐桌邊緣的飯碗重重摔在地上。勢賢咬緊牙關，原以為調均會像從前那樣給她一記耳光，出乎意料的是他毫無反應，只是將剩菜放入保鮮盒。勢恩也完全不在意掉在地上的食物，專心把炒飯舀進自己的碗裡，語氣輕鬆地說：

「姊姊是醫生嗎？爸爸說以後妳會教我。」

勢賢用力地將湯匙摔在餐桌上，大步走向調均。她受夠了那些虛偽的父親角色扮演遊戲，還有調均充滿血腥的未來計畫。湯匙撞上鍋子後無力墜落，飯粒四濺。

「你到底是怎麼從那裡活著出來的？」

調均對勢賢憤怒顫抖的語氣無動於衷，這讓她更不甘心，想踢翻收納箱，不料失去平衡，狼狽跌倒，枯葉進了嘴裡，她連連吐了幾口唾沫。由於雙手仍未自由，她只能跪著，勉強撐起身體。

「爸爸說像勢珍姊姊那時一樣，我們三個相親相愛地生活在一起，姊姊妳會覺得開心……」

勢珍。那個陌生淒涼的名字。勢賢調整呼吸，輕舒了口氣。一天到了盡頭，終究要迎來西沉的夏日陽光，夕陽餘暉染紅了整片天空，勢賢凝視遠方，拒絕屈服於這股莫名的情緒。

「那是誰？」

勢賢冷靜的表情讓勢恩不由得慌了手腳。調均朝勢恩招手，勢恩走到調均身邊，他湊在她耳邊小聲說了幾句。這種親密舉止讓勢賢感到不快，她艱難地移動身體，想隔開兩人。

「爸爸說是他女兒，被姊姊妳殺掉了。」

勢賢好不容易邁出的步伐瞬間停住。

「在胡說什麼？」

調均對上她的視線，嘴角勾起一抹諷刺的冷笑，好像覺得她很可笑。

「不要笑。說清楚。我不是獨生女嘛。你不是說我很像你，適合一個人生活！」

勢賢越說，意識就越模糊，呼吸也更加急促。明明只是站著卻像全力奔跑後般喘不過氣。她需要找個支撐的地方，扶住了餐桌才勉強撐住身體。調均看都沒看她，繼續整理餐具。勢賢拿起一旁孤零零擱置的刀，用盡全力刺向調均的背，然後拔腿就跑。

她彷彿置身夢中，溼滑的泥土濺到褲子和鞋子上，這次同樣被某個東西絆倒了。那些埋在土裡的手一隻又一隻地從地面伸出來，纏住她，輕聲低語：

「現在妳該為自己的罪付出代價。」

這一次不只是幻覺，而是真的無法呼吸。勢賢被調均扼住脖子拖行，又被扔到餐桌上。當她劇烈咳嗽、掙扎時，調均用沉重的身體壓制住她，在他的手勢示意下，勢恩遲疑地走過來，將勢賢的右手牢牢固定在餐桌上。

「處理屍體有需要十根手指嗎？」

勢恩的頭緩緩轉向一側。那是勢賢記憶中的最後畫面。等她再次醒來時，她發現自己的右手小指已經不見，覆蓋在傷口上的紗布血跡斑斑，而無名指的第二指節以下的部分，也不知被扔到了哪裡。

她盡可能減少動作幅度，然而，強烈的噁心感仍湧了上來，她當場吐了。疼痛迅速蔓延，冷汗直流，身體止不住地顫抖。時間過了多久她完全沒概念，可是她知道要是現在馬上去醫院，還來得及縫合。勢賢艱難地環顧四周，心存一絲希望，也許調均會好心地將那斷指留在她的口袋裡。

「他說乖乖聽話的話，會幫妳接回去。」

勢恩拿起塑膠袋，被切斷的手指好似在蠕動，像在向主人問候。勢恩將手指重新放回保冷箱，坐到勢賢對面注視著她。

「就憑那技術？是妳縫的吧？看起來真的很糟糕。」

勢賢用她一貫對待調均的嘲諷語氣刺激勢恩。她記得自己小時候也像調均一樣，對傷害自尊心的話特別敏感，所以原以為勢恩也會有相同反應，沒想到勢恩卻異常冷淡。

或許是太累了，勢賢將頭埋在膝蓋之間，開始打起瞌睡。被困在車廂裡的她看著勢恩，只感覺得到劇痛。方向盤猛然一轉，車身劇烈搖晃，勢賢連忙靠緊牆壁，以免自己被甩出去。等車子重新穩住後，又平穩地行駛。也許是斷指處的劇痛壓迫神經，她感覺記憶和現實逐漸混在一起，越來越難以區分。

「沒事的。」

低低的細語聲在耳邊響起，筆記本照片裡的那女孩的臉龐，這次浮現在勢恩身邊。勢賢將臉埋在膝蓋間痛苦掙扎。

不知過了多久，當勢賢恢復意識時只感到口乾舌燥，她想撐起身體找水，卻先感受到右手撕裂般的疼痛，她將頭抵在車廂牆上，強忍住痛苦的呻吟，沾滿血的紗布隨著晃動的車身不停翻捲，她多次壓抑想掀開固定紗布膠帶的衝動，但當她撕開時，壓抑許久的慘叫聲終於爆發。她立即捂住嘴，努力壓下聲音，目光無意中與一直安靜觀察她掙扎的勢恩對上。

「有壓力繃帶嗎？」

勢恩揉著惺忪睡眼，搖頭。

「止痛藥呢？」

勢恩慢吞吞地翻找塑膠箱，拿出了兩顆泰諾[10]。

「妳在開玩笑嗎？」

看到只有兩顆藥，勢賢怒火中燒，揮舞手臂時，即使是最輕微的動作也讓她加倍疼痛。大半髮絲隨著流下的汗水黏在前額周圍，剩下的則糾纏在後腦勺，凌亂不堪。勢賢痛苦地呻吟著，像是瀕臨死亡的人。

「送我去醫院，求妳。」

勢恩依舊不發一語，只是靜靜地在一旁觀察勢賢的狀態，然後倒了一杯水遞給她。

「我要是死了，妳要負責嗎？」

10　Tylenol，止痛藥。

勢賢伸出手指給勢恩看，勢恩這才蹲下，仔細檢查斷口。被切去的兩根手指斷面冒出了詭異的黑色不明物體。那些看起來明顯不是凝固的血跡，勢恩翻開床墊旁堆放的書，交叉比對著勢賢的傷口。勢賢心想，若是錯過這次，可能再也沒機會了，於是她強忍劇痛，發出類似瀕死之人的呻吟。

勢恩一臉慌亂，就像從未見過生命逝去似的。勢賢抓住她的手倒下，額頭重重撞擊地面，本已止血的紗布被甩飛到勢恩站的位置。紗布上浸透的血因車廂悶熱的溫度早已乾了。倒地的勢賢一動也不動。勢恩撫摸著染血的紗布，斷指後已經過了許久，正如勢賢所說，若繼續置之不理，恐怕真的會有生命危險。

勢恩猶豫幾次後，有節奏地敲打起駕駛座方向。敲了兩三次就傳來車子停在路邊的聲音，沒多久門打開了。勢恩等不及地跳出車外，隨後便是一片寂靜。勢賢擔心兩人是不是索性把狼狽的自己扔在車裡逃跑了。

「不會吧」，勢賢心裡正這麼想，打算撐起上半身，調均先一步粗魯地鑽進車廂。車體劇烈晃動，震得她的傷口更痛。調均不客氣地把她的手往上抬，勢賢忍不住發出短促的尖叫，燒灼般的痛感瞬間席捲全身，下一秒便化為冷汗冒出。意識在疼痛中一點一點被吞噬，眼前一片黑，勢賢無力垂頭，幾近昏死。

「時間過了這麼久，血還在流……」

勢恩的話尾模糊，調均的表情變得凶狠，嚇得勢恩急忙一字一字清晰地說：

「可能已經壞死。不過不用去醫院，只要有藥我就能治療她。」

調均又仔細看了幾次手指的斷面，像是扔棄廢物一樣，隨手將勢賢的手甩在地上，隨即走出車廂並再次鎖上門。引擎聲響起，車子重新發動，勢恩才終於吐出憋住的氣，視線回到書上。從封面判斷，應該是關於急救的書，然而，勢賢的手指早已超出急救能處理的範圍。

「我會告訴妳要買什麼。」

勢恩好像已經下定決心要完全無視勢賢所說的話，只是拿起原子筆在書上畫圓，再將筆尖移到手上重複畫著，不停做著相同動作。

「一定要買消毒劑、生理食鹽水和壓力繃帶，還有創傷敷料也要一起買回來。」

勢恩的視線始終未從書上移開，但勢賢知道她其實全聽進去了。畢竟從調均那裡能學到的知識有限，勢恩在與他一起生活的這段時間裡，一定經常碰到一些小麻煩他也無法處理，只能獨自解決的狀況。

此外，調均好像仍會對小錯給予嚴厲的懲罰，每次他從口袋拿出手時，一旁的勢恩就會毫無緣由地發抖。然而，即使在這種情況下，勢恩依然努力想要獨自生存下去。這一點從車廂裡堆滿了調均可能從未翻開過的書可以看出。

勢恩盯著勢賢親自處理的頭部撕裂傷，可能也是出於相同原因，而勢賢故意選擇專業醫學術語，而不是簡單地說「傷口軟膏」，正是為了利用求知慾旺盛的勢恩，被複雜用語弄得心慌的瞬間。

「還需要吩坦尼。」

勢賢大膽地補上一句，指定了醫院才會用的麻醉性止痛藥。她早就料到勢恩不會有任何反應。刺耳的金屬摩擦聲響起，車子停下，車門打開的瞬間，勢恩的表情明顯變得緊張。或許是年紀還小，她還不懂得如何隱藏情緒。勢賢腦海中浮現自己小時候的模樣，不禁失笑。

勢賢的笑聲讓正準備出去的勢恩不由自主地回頭，勢賢向她揮了揮斷了手指的右手。和調均生活在一起的日子裡，勢賢從未讓調均失望過。這正是調均還沒對她下手的原因。然而，勢賢清楚自己很快就能離開這個車廂了。果不其然，勢恩沒過多久就神情緊張地回到車廂。

「再說一次妳剛才說的。」

「什麼？」

「藥名。」

門半開著，勢恩偷看了一眼門後的調均，催促勢賢快點說出藥名。

「說慢一點，我才聽得清楚。」

勢恩聽出勢賢語氣裡帶著調均的習慣腔調，不由得畏縮地後退了一步。調均伸手，動作粗暴得像在懲罰勢賢，將她硬生生地拖出去。勢賢擔心自己又會摔到地上，驚叫著，並慌亂地揮舞手臂想保持平衡。調均捂住她的嘴，將她的臉拉近自己，比起那隻手的力量，他手上發出的酸臭汗味更讓她窒息。調均將一件因潮溼而長滿黴菌的黑色外套披到她肩上，還替她戴上帽子。那件外套寬大且沾滿調均氣味，卻如同拘束衣，讓她動彈不得。

勢恩拉了拉勢賢的外套袖口，紅綠燈像是故障了一樣，持續閃爍著黃燈，寬闊的雙車道上除了幾輛違規停在路肩的車外，就像被管制一樣空蕩蕩的。因勢恩向前拉扯的力量，勢賢險些踩空。哪怕是像這樣輕微的晃動，斷指處仍疼痛難耐，勢賢勉強地跟在勢恩後面，遠處的調均盯著她，彷彿要把她的每一個動作咀嚼殆盡。

從有二十四小時營業的藥局來看，這座城市應該不算太小。勢賢轉頭想確認具體地址，但透過玻璃門灑出的刺眼日光燈讓她皺起了眉頭。勢恩阻止她更靠近，要她坐在門口旁的椅子上，催促她說出需要物品。

「消炎止痛藥，用黃色罐子裝的，還有傷口軟膏和紗布。」

勢恩迅速走向藥師，對方親切地一一展示藥品，整齊地裝入袋裡，就在藥師準備接過勢恩提前準備好的現金時，視線卻越過她看向後方。勢恩急忙擋在中間，不過勢恩的身高只到勢賢的下巴位置，不足以擋住藥師的視線。

「還需要別的嗎？」

「再一瓶肌肉鎮痛噴霧。」

勢賢從藥師手上接過袋子，毫不猶豫地離去。清脆的門鈴聲響起，勢恩僵硬的身體這才放鬆，她匆忙收好零錢後回過身。就在那一刻，一股冰冷的感覺襲上她的眼角。溼潤的觸感讓勢恩下意識地舉手摸向眼睛，宛如鋒利的玻璃碎片刺入眼睛的疼痛湧上。勢恩驚慌地揮舞雙手，想奪下勢賢手中的肌肉鎮痛噴霧。但這次冰冷的感覺覆蓋了她整張臉，伴隨而來的劇痛使她失去平衡，跌向商品架。

勢賢正準備閃過倒在地上的勢恩往外逃，卻透過玻璃窗看見逐漸逼近的調均。

「馬上報警！」

勢賢一把扯下帽子，對嚇得張大了嘴的藥師大喊。聽到門鈴聲又再響起，她立刻衝向側門。

每一步都沉重得像陷入地面一樣，完全無法加速，勢賢從袖口抽出了手，發現斷指處又開始流血。她有個強烈預感：這樣下去，自己恐怕會失血過多致死。就在這時，她被凸起的人行道磚絆到，重重跌坐在地。為了保護頭部，她本能地舉起雙手，當手指碰到地面碰撞的瞬間，她忍不住發出了痛苦的哀號。

調均緊跟在後，伸手掐住她的脖子，讓她昏過去，勢賢眼角掃到藥局垃圾桶旁有個手掌大小的玻璃瓶，立刻抓起來砸向他的頭。玻璃瓶沒有碎，反倒是她的手腕因衝擊力而一陣刺痛。也許是因為被突如其來的攻擊嚇到，調均的手勁小了一點，勢賢趁機拚命掙脫他的束縛。

像是四足爬行一樣撐地逃跑，呼吸急促到了最高點。她強忍喉間翻湧的嘔吐感，正要站起來時，腳踝被調均抓住，整個人又狼狽地摔倒。這次是下巴先著地，嘴巴周圍頓時失去知覺。她看見燈光下調均被拉長的身影，閉上了雙眼。

等了半天，預想的痛苦沒有發生，勢賢轉過頭，看見正賢正用膝蓋壓制調均的肩膀，並把他的頭按在地上。她與正賢四目相對，正賢好像在喊什麼，可能是緊張緩解，勢賢感覺自己像是在水中一樣，他的吶喊既遙遠又模糊。就在這時，正賢突然整個人往後倒，他身後露出勢恩高高腫起的臉龐。勢恩一手拿著肌肉鎮痛噴霧，一手用壓力繃帶緊勒正賢的脖子。不知道她從哪裡學來這種技巧，竟輕鬆制服了體型大她三倍的男人。

調均搖搖晃晃地站起來，手中握著那把曾切斷勢賢手指的刀，刀刃準確地對準了正賢的喉嚨。驚慌之下，勢賢飛身撲向正賢，讓他失去重心倒地。就在正賢往後倒之際，那把刀刺入了他的肩膀。正賢壯碩的身軀向後倒，勢恩反應不及，也跟著一起摔在地上。

興許是藥師報了警，微弱的警笛聲穿透黎明的空氣傳來，調均迅速掌握狀況，扯住勢賢的頭髮，粗暴地拖走她。勢賢奮力抵抗，不想被他拖走。正賢用盡全力伸出手，平時的勢賢一定會先揣測對方的意圖，再三衡量才會行動，然而，這次她毫不猶豫地緊握住正賢的手。

調均野蠻地拉扯勢賢的頭髮，勢恩拚命想分開他們緊握的手。正賢不顧肩上那把刀帶來的劇痛，死命扣緊勢賢的手腕，勢賢被那股力量拉了過去。

勢賢就這樣神智恍惚地靠在他的手臂上，直到遠處傳來急促的腳步聲她才睜開眼。先前囚禁她的卡車發動了引擎，微微晃動的車身很快地消失在她的視線中。她本想記住車牌號碼卻終究放棄。

人聲喚回了勢賢的意識。她檢查了正賢的狀況。他的肩傷看起來非常嚴重，她趕緊解開勒住他脖子的壓力繃帶，改纏在他的肩膀上。因為太久沒救過垂死之人了，她實在沒資格嘲笑勢恩的技巧，正賢倒在勢賢肩上，抓緊她外套的那隻手始終沒鬆開。

她越是用力壓住正賢的肩膀想止血，指縫間滲出的鮮血就越多，還濺上了她的臉，混著汗水流下的血，沿著她的臉頰滑落。原本還緊抓住她衣服，像要把衣服撕裂一樣的正賢，手無力地垂落。勢賢低下頭確認他的狀態，他就像無力下垂的眼皮般，整個人倒入她懷中，血順著她的肩膀緩緩流下。

勢賢用顫抖的雙手抱住正賢，聽著他逐漸微弱的呼吸，一陣恐懼襲來。她靜靜閉上眼，回想起所有曾在她懷中逝去的生命：被埋進泥灘的母親、在冷凍卡車內逐漸冰冷的勢珍。

「妳坦然接受死亡的能力遠勝他人」這句話像是調均的口頭禪一樣，他時不時用來讚美她。正因如此，當正賢被急救人員帶走，從她懷裡逐漸遠離時，她沒有撲上去，只是靜靜坐在地上，目送他被抬上救護車的身影。這是她此時此刻唯一能做的。

1999年7月4日

我九歲生日那天，我們一家人簡單地收拾行李，搬到了離原本的家很遠的地方。那裡四周都是大樹。他說那是他小時候長大的老家，我們決定以後把這個地方叫作「小木屋」。

勢珍常常哭著說想媽媽，不過對我來說，反正平時也不常見面，生活跟以前沒什麼差別。儘管如此，我還是經歷過一段無法接受媽媽過世的時間，感到迷惘。有時也會覺得遺憾，再也吃不到媽媽做的美味麵疙瘩，不過後來勢珍很快就學會媽媽的手藝，我的遺憾也就淡去了。

他找到了新工作，負責管理山中步道，搬家後，他幫我把頭髮剪短，從此勢珍不用每天一早替我綁兩條辮子。他沒有賣掉以前送貨用的車，而是把車停在另一條步道附近。那條步道由於土石流導致施工中斷。沒多久，那輛車就變成了我新的住處。

換季之前，我們都逐漸適應了新的生活。假期結束後，勢珍轉到新的學校，那時我得了重感冒。自從和他一起去過泥灘後，我再也無法踏進醫院。他告訴我，我已經不再存在於這個世界，所以無論發生什麼事，都要獨自承受。

起初我不明白他的意思，直到後來，當我看到證明我們是一家人的文件上，唯獨少了我的名字時我才明白。當勢珍忙著適應新學校，他帶我去旅行，就像那個昏暗的日子，他扛著媽媽的屍體沿著小路走向泥灘一樣，只是這次他載的是一個陌生人，在夜色中的高速公路上急馳。

他總說家人要同甘共苦，但每次需要搬運那個裝著屍體的沉重桶子時，出力的永遠是我。那桶子又大又重，我經常走一走就得停下來休息好幾次，這對怕冷的我來說，簡直是酷刑。

旅行結束回到小木屋時，我們還得花好幾天通風，才能驅散車廂裡殘留的氣味。多虧如此，那段時間我得以暫時住進屋子裡，那是我唯一能見到勢珍的時候。勢珍什麼都不知道，卻像照顧絕症患者一樣照顧我，把屋裡最舒服的床讓給我。所以，每次進入她房間，我就會開始演戲，裝出一副病懨懨的樣子。

當我靜靜躺在床上望著堆滿整面牆的玩偶時，就會想起那個被我丟在河邊的水桶。有時候，我無法抵擋衝動，會在深夜走出屋子，漫無目的地在山中亂晃，奇怪的是，即使看到「野豬出沒，注意安全」的警告標誌，我也完全不害怕。我會整晚在山路上遊盪，直到黎明破曉才回家，倒在餐桌上沉沉睡去。

從那天起，我總是輾轉反側。每當夜幕降臨，我的血液流動速度就會加快，讓我無法安穩地躺著。在那種時候，我會外出遊蕩，隨著我遊蕩的時間變得越來越長，我的狩獵本領也越來越高超。

倉庫裡發現的老鼠、勢珍在學校門口買回來的小雞、別人家養的貓，全都成了我的狩獵目標。狀態好的時候，我甚至能捉到兔子。我磨刀的技巧也越發純熟，隨著我對雙手的掌控能力增加，我能完成的工作精細度早已遠遠超過同齡的孩子。他對這一點非常滿意，於是，再次帶著我踏上另一段漫長的旅程。

自從勢珍上高中解開了她那兩條最愛的辮子、穿上制服開始，我的人生起了變化。她有段時間會嘰嘰喳喳地說自己未來的夢想變了，想當老師，她只要一逮到機會就讓我坐在書桌前，替我上課。一旦他發現我對勢珍發脾氣，那天我就會被毒打，我只能乖乖坐著，假裝認真上課。時間一久，我竟然開始覺得「假上課」挺有趣的，勢珍也會趁上課時間，和我分享各種瑣事。

她最常和我分享的都是好友間的趣事；最近讓她有點心動的鄰校男學生；前幾天沒寫完作業睡著，結果被老師打手心；還有福利社有哪些人氣零食。

某天晚上，我想穿著勢珍的制服出門，挺拔的布料緊貼在我身上，裙擺長度蓋過我的膝蓋，那種陌生的觸感讓我感到不自在，走在外頭時還被樹枝勾住。隔天早上，勢珍什麼都沒說，只是默默穿上運動服去上學。

從那時起，我嚐到了偷竊的甜頭，開始翻勢珍的書包。多虧如此，我吃遍福利社各種最受歡迎的漢堡，用頂端有玩偶頭的原子筆寫筆記。有一次我偷看了勢珍藏在錢包裡的信。被勢珍抓包時，我非常害怕她會向他告狀，沒想到她只是抱怨寫信的那個人總是欺負其他同學，很討厭。

勢珍將那封信折好收進抽屜，又從書包裡拿出一本畫著向日葵的筆記本和十二色原子筆組給我。她說假如以後我有想要的東西或想做的事，就寫在那本筆記本上，再放回她的書包。那天晚上，我趴在小木屋的地板上，怎麼也睡不著。那是我這輩子第一次享受到自由。雖然之後我還是沒停止狩獵，可是從那時開始，我養成了先洗手的習慣。

當向日葵筆記本快寫滿時，勢珍已經長大了不少。她高到可以完全把我摟在懷裡，曾經蓋過膝蓋的裙子也變短了，不得不買了新裙。她的成長不僅限於身高，她對一直依賴的爸爸也有了祕密，也不再讓我看從外面收到的信。每當爸爸週末出去工作時，我們就會偷偷溜出去散步。我主動告訴她自己長期以來的神祕失眠時，她顯得很吃驚，幾天後，她說要教我怎麼堆墳，撿來了一把石頭，替我埋了幾天前死在我手中、脊椎斷裂的老鼠。同一天夜裡，我夢見了躺在泥灘上的媽媽。

旅行還在繼續，我的技巧也越來越純熟。我現在已經知道從哪裡下手，才能俐落地分離骨頭和肉，也清楚該割哪根血管，放血才會乾淨，能省去清理地板的麻煩。那天我像往常一樣邊抱怨邊去倒水桶，不知道為什麼，手在發癢。就是這麼簡單。手太癢了，我就隨便挖了點土蓋上，順手將水桶倒扣，就像勢珍說過的那些站在國王陵墓旁的雕像一樣，我希望水桶能守護這座墳墓，免受邪惡氣息打擾。

他比我更早察覺到我的變化。那天以後，我失去了留宿小木屋的資格。除此之外，他還不知道從哪裡找了一台老相機，不定期幫我拍照。有人可能會稱讚他是世上最慈愛的父親，但每次拍照時，我的手必須沾滿野獸的血。從那之後，不管我多用力洗手，都洗不掉那股血腥味。勢珍放學回家前總會敲敲我住的卡車車門，問我最近過得可好。而隨著年紀漸長，我的慾望也增加了。比起熱呼呼的辣炒年糕，我更喜歡她借來的書。

我想坐飛機；我好奇小木屋外的世界。那個必須彎曲雙腿才能勉強入睡的駕駛座世界，對我太過狹窄。其實我大可以偷走車鑰匙直接逃跑，不過我沒有那麼做，因為我答應過勢珍，無論發生什麼事都不會一個人逃跑。從那時起，我開始把從他那裡拿到的照片，一張張整齊地貼在筆記本上。我在殺人慾望和求生本能的激烈拉扯中長大了。

那天不知道怎麼回事，勢珍做什麼都讓他不高興。她不停地問些無關緊要的問題，讓他煩躁，他最終失去耐性，一巴掌把她打倒在地。看到勢珍倒在地上的模樣，我才驚覺她竟與媽媽無比相似。

那天和往常一樣結束了漫長的旅行，我們疲憊不堪地回到家。然而，旅行結束後的他彷彿變了一個人——充滿勇氣，神采奕奕，人們出奇地喜歡他，讚美他是獨自撫養年幼的女兒，夜以繼日辛勤工作的年輕人，還會送小菜給他。那天我特別討厭看到他那副模樣，於是拖延善後工作，比平時走得更遠。突然間，我想起自己忘了鎖上車廂的門，驚慌地飛奔回去，卻看到勢珍站在血跡斑斑的車廂前，她脆弱的神情彷彿輕輕一碰就會飛散的灰燼。

我被勢珍拉著，沿著斜坡飛奔而下。那是我用自己的雙腳走得離小木屋最遠的一天。不知道是因為奔跑讓人興奮，還是笑聲帶來快樂，那一刻彷彿自由降臨一樣。不過自由並沒有持續太久。我一直都知道他隨身帶刀，卻從未想過那把刀會朝勢珍揮來。溫熱的血滴濺到我臉上的觸感，至今仍無比鮮明。

驚愕之下，我奮力撞向他的腿，他瞬間失去平衡，沿著陡峭的斜坡滾下去。背起比我高出兩個手掌高的勢珍下山並不容易，可我總覺得，要是在這裡放下她，我就永遠見不到她了。我咬緊牙關，任汗水溼透全身，一路背著她走到柏油路上。

路途實在過於漫長。我記得那時的月亮被烏雲遮蔽，四周一片漆黑。究竟走了多久呢？從某處隱約傳來熟悉又刺耳的摩擦聲。是卡車輪胎壓過路面的聲音。光聽聲音就能知道是他。我們必須立刻躲藏。我掀開路邊的下水道鐵蓋，把勢珍推進去。即便腐臭的氣味撲面而來，幸好那幾天沒下雨，水位不高，頂多稍微弄溼衣服。我們屏住呼吸，蜷縮在下水道裡。

不久後，車子停下的聲音傳來，他沿著我們踩斷的樹枝痕跡，又往山上走去。等到灌木叢沙沙作響的聲音漸漸遠去，只剩下夏風的氣息、蟲子的振翅聲和我們的呼吸聲。那一刻，不知從何而來的勇氣，我把勢珍拉出來推入卡車的副駕駛座，自己則跌跌撞撞地爬上駕駛座，發動了車子。用了十幾年的老舊引擎像咳痰一樣發出刺耳的聲響，他立刻察覺，驚慌地從山上衝下來，怒氣沖沖地擋在車前。我從他憤怒的雙眼中讀出了他的後悔。他後悔教我這一切。

我只想盡快擺脫這個局面，不顧一切地踩下油門，本想貼著懸崖行駛，把他甩掉，不意車子失衡，劇烈晃動起來。勢珍拚命把方向盤轉向懸崖的方向，車子猛然朝他站著的那側偏移，車身劇烈晃動。車頭保險桿像撞上了一個沉重的東西，衝擊力比以前撞到獐子時要更大，車子直接撞破護欄，朝左側翻倒。車輪空轉著，車身逐漸向下傾斜，我想帶勢珍逃出去，但她卻像決心墜崖的人一樣，死死抓住把手，不願鬆手。

我和勢珍一樣，也許只有親眼確認那一幕，這輩子才能真正地擺脫他。我睜大雙眼，緊盯著深淵下方。他和斷裂的護欄一同墜入深淵，整個人無力地掛在懸崖下的樹枝上，折斷的手臂向後扭曲，折成了好幾段。看見他狼狽地蜷縮在接近崖底的地方，我鬆了口氣的同時，一股遲來的悔意湧上。早知道這麼簡單，當初根本不必猶豫。我將勢珍從車裡拉出，讓她躺在路上。

原本哭得上氣不接下氣的勢珍聲音漸漸變弱，我們一路走著，終於在離家不遠的地方發現了一個廢棄的休息站。那時我只有一個念頭：必須盡快離開這個地方。於是，我毫不猶豫地拉著她，躲進一輛發動了的冷凍卡車車廂。一進去，濃烈的腥味和刺骨的寒氣立刻襲來，我們馬上想退出，可是車門已經從外頭鎖上。急速下降的體溫讓勢珍變得越來越安靜，我瘋了似地拍打車門，直到雙手紅腫不堪。

門始終沒有打開，時間無情流逝，我們說好盡量靠在一起取暖，我想檢查勢珍的傷勢，但她一直說自己沒事，我也就沒再堅持。我們蜷縮在一起，緊張感漸漸消退，取而代之的是襲來的睡意。等我因發麻的手臂醒來時，發現勢珍的外套披在我的肩上，而她靠在我肩膀上睡著了。我伸手輕輕搖晃她，想叫醒她，她冰冷的身體無力地滑落到地上。我驚慌地撐地站起，這才注意到手上異常溼滑。勢珍坐過的地方，鮮血已匯聚成窪。

一路奔跑，沒有喝水，還流了不少汗，勢珍體內竟然還有這麼多水分，真是不可思議。不管我怎麼喊著她的名字，怎麼搖晃她，她也完全沒有反應。我將手指放到她鼻子下方，感覺不到任何氣息。我翻開她的眼皮，她的瞳孔已經擴散，目光渙散。我不知該如何是好，只能茫然呆坐。我想像按照她教我的方法，為她挖一座墳墓，但在車廂裡沒有能埋葬她的地方，我只能脫下她的外套蓋在她身上。

卡車一路行駛，完全沒有停下的跡象，獨自留下的我體溫急遽下降。我一直偏愛「無可奈何」一詞，因為它不帶任何責任感。那時也不例外。我真的無可奈何。為了活下去，我一件一件脫下勢珍的衣服，穿在自己身上。即使如此，寒意還是讓我的眼皮越來越沉重，最後我靠在勢珍僵硬的身體上取暖。她的身體仍有餘溫，奇怪的是，她不停在顫抖。我還沒意識到怎麼回事，勢珍一如既往地比我早一步行動。她用外套袖子緊緊地綁住我的後背，不肯鬆手。我拚命掙扎，然而，越是掙扎，她抱得越緊。她臉上最後一抹血色逐漸退去。

其實，直到車門打開前，我一直相信勢珍還活著。她擁抱我的時候無比溫暖，而且她的身體不斷湧出溫熱的鮮血。卡車司機看到地上一大片血跡，大概只會以為是哪個沒包裝好的保冷箱裡滲出的吧。他遲鈍到沒有察覺自己載著人開了這麼久。我趁車門打開的時候，背著勢珍逃出去，離開了倉庫停車場。順著停車場鐵絲網破損的缺口，一路鑽進與停車場相鄰的後山，走進山林深處。我總覺得只要一直走，就會看見我們曾經住過的小木屋。我希望這一切都是一場夢，而我依然是那個結束漫長旅程後，回家會偷翻姊姊東西的頑皮妹妹。

我把勢珍埋在一棵樹下，在附近撿了幾塊看起來順眼的石頭，想為她立一座石像，但又推倒了。就算是邪靈也無所謂，只要能帶走我們就好。從那天起，我沉睡不醒。下雨時，我會睜眼；日出時，又再閉眼。我已學會平靜接受死神來臨的那一刻。

「這裡有人倒下了。」

「還在發什麼呆？快叫救護車！」

「小朋友，妳叫什麼名字？」

「不要閉上眼睛？小朋友，醒醒！」

「……」

「妳叫什麼名字？」

「……勢。」

「勢……什麼？」

「勢賢？」

「勢賢。我們現在送妳去醫院。妳媽媽在哪裡？」

傾盆暴雨，幾乎沖掉了勢賢臉上的血跡。她凝視著半塌的石堆，靜靜地閉上眼。刺耳的警笛聲響起，人們的喧鬧聲逐漸遠去。刺眼的白光在眼前閃爍不定，勢賢忍受不住襲來的眩暈感，又一次閉上了眼。

2023年7月29日

正賢從床上坐起時，忍不住發出了痛苦的呻吟。他緩緩深呼吸，先把腳伸出被子。左肩肌肉撕裂，固定在上面的熱敷袋重得像石頭一樣。他被刀刺傷後打了破傷風針，傷口縫了好幾針，還因失血過多輸了血。正賢穿上被空調吹得冰涼的拖鞋。他想著：假如再晚一點，事情會不會不一樣？可是他很快地搖了搖頭，甩開了這個念頭。

正賢根據兩天前在湧泉市立綜合圖書館查到的地址，找到一家已經歇業的洗衣店。他不禁嘆了口氣。為什麼自己之前沒想到呢？在現代社會中想獲得死者的個資，這種地方絕對是絕妙的線索來源。正賢立刻走進附近的房仲門市，請對方幫忙查這棟建築的所有人資料，順利拿到曾租下洗衣店的人的手機號碼。之後，他拜託振宇追蹤對方位置，發現嫌疑人早就躲到與湧泉有一段距離的務安。

然而，不管怎麼追蹤，基地台的訊號範圍只有半徑一公里範圍內，唯一的辦法就是親自去那附近土法煉鋼，用自己的雙腿找人。幸運的是，嫌疑人一旦進入某個區域，在徹底走遍那一區之前，基本上不會離開那一區。活動範圍不算大。或許對方根本沒想過自己會被列為嫌疑人，甚至連手機都沒關機。正賢小心翼翼地追逐在他後面，謹慎地拉近距離。

那天晚上，他的乾眼症特別厲害，幾乎無法正常睜眼，偏偏醫院開的人工淚液剛好見底。幸好他在嫌疑人活動範圍內找到了一家二十四小時營業的藥局，便急忙調頭。他沒預料到會在那裡遇見勢賢。當他看見有人正強行壓制住她時，他的身體先一步做出了反應。

在救護車上，正賢昏昏沉沉之間看見勢賢的身影。但手術結束後，眼睛再度睜開時卻怎麼也看不見她。正賢一拐一拐地走出病房，原以為清晨時分的大廳會很冷清，頂多有幾名閉目休息的家屬，沒想到卻擠滿了人。越靠近大廳，喧嘩聲就越大，正賢莫名焦躁。

昏暗的大廳裡，只有電視的光閃爍著，正賢下意識地瞇了瞇眼，然而，很快就認出螢幕上那張熟悉的臉，頓時倒抽一口氣。有人不耐煩地要他安靜讓開，但他就像著了魔一樣往前走，擋住了整個畫面。上次匆匆看到勢賢時，他就知道她的情況不好，卻沒想到會這麼嚴重。她的小指和無名指的兩節已經徹底消失。看到勢賢淒慘的模樣，大廳裡嘆息聲此起彼落，正賢也閉上了眼睛。

勢賢背後是一隻在藍色背景上振翅飛翔的黃色虎頭海鵰，她正站在務安警署的講台上進行簡報。現在的她和當初在湧泉進行簡報時判若兩人。真有人能認出她們是同一人嗎？即便她沒有事先準備講稿，然而，無論是她始終低垂的頭、顫抖的聲音，還是對閃光燈的下意識的畏縮反應，都清楚顯示出她的狀態極度不穩定。

「那起案件是他第一次殺人。他花了很多時間觀察著死者的生活範圍，仔細記錄對方的日常，並制定計畫。只有一切準備就緒後，他才會開始行動。」

勢賢停了一下，低頭靠在講台上調整呼吸。隨後她緩緩抬起頭，直視前方。那雙眼眸雖脆弱卻堅定。

「第一次的犯案地點是泥灘。」

畫面上顯示的字幕顯示那起案件發生在一九九九年七月的下龍郡。正賢在腦海中按時間順序，飛快回憶懸案的紀錄，與資料畫面進行對比。不知是誰轉台，簡報畫面消失。正賢一時愣住，立刻從旁邊的人手中奪走遙控器，轉回原本的頻道。勢賢哽咽的聲音再次響徹醫院大廳。

「我是裁縫師命案的嫌疑人，也是從一九九九年開始發生的六起分屍懸案的凶手，胤調均的女兒。」

人們一陣嘩然，嘆息聲此起彼落。正賢努力讓自己保持清醒，想理解剛剛那句話的意思，但太大的衝擊使他渾身發燙，受傷的肩膀也更加疼痛，彷彿有人拿剪刀任意剪斷了糾纏的線團後逃之夭夭。

勢賢一直迴避調查分屍案的原因、那本送來警署的老舊筆記本、提著水桶的小女孩、裁縫師……勢賢剛才那句話解開了一直困擾正賢的疑問。勢賢的故事逐漸走向尾聲，卻殘忍得讓人無法繼續聽下去。她說自己的母親死在調均手上，而她被調均帶大。在她懺悔的電視畫面上方，「連環殺手胤調均的親生女兒」字幕殘忍地閃爍著。

「我一直相信，假如他再一次犯案，我一定能察覺出來。這就是我選擇成為法醫的原因。我拚命工作。因為我很想抓住他，我真的很想親手逮住那個人……抓住他以後，我要讓他付出代價。」

淚水無聲地從勢賢的臉上滑落，在閃爍的鎂光燈下，被淚水打溼的臉龐近乎透明。她的呼吸越來越急促，她緊抓著講台努力調整呼吸，那僅剩的三根手指抖得厲害。

「倘若因為我的貪心，造成調查過程的混亂，我在這裡向大家道歉，我願意接受任何懲罰……對不起。真的對不起。」

勢賢走到前方不停地低頭鞠躬，血一滴滴落在她腳下的地毯，緊急處理過的傷口再度裂開了。前排記者們頓時驚慌失措，紛紛大喊：不要再鞠躬，快去醫院治療。勢賢勉強挺直搖晃的身體，重新站穩，握緊麥克風，聲音顫抖說道：

「現在嫌疑人手裡還有一名小女孩。她的身高大概只到我下巴……要是有人看到一個坐在白色卡車的孩子，拜託請馬上報警。」

警方強行切斷了麥克風電源，想把勢賢帶離現場。可是勢賢繼續用嘶啞的聲音放聲呼喊。其中一名警察看不下去，上前扶住她，半強迫地將她拉下講台。直到新聞畫面切回攝影棚，正賢才意識到剛剛看到的不是直播畫面，而是剪輯過的重播畫面。

記者簡單說明了警方的後續調查方向，又播出了勢賢被送上救護車前往急診室的片段。正賢低頭看了自己病人服上寫著的醫院名稱，立刻衝向服務台。劇烈的奔跑讓他肩膀陣陣抽痛，但是他沒有放慢腳步。

打聽到勢賢的病房號碼後，正賢等不及電梯，直接從樓梯一口氣跑上去。他在病房門前停下，輕輕敲門後推開了門。勢賢半靠在調高的病床床背上，整隻右手纏滿繃帶，靜靜地看著電視。聽到門開的聲音，她轉頭看見正賢走進來。

「你的肩膀沒事嗎？」

勢賢的語氣比平時更平靜，與新聞中那個淚如雨下的模樣判若兩人。其實剛才看她簡報時，他依舊無法分辨哪些話是真，哪些是她精心編織的故事。她曾說是因為使命感成為法醫，後來又改口說是為了升職，最後又說是為了抓住連環殺手父親。她的說法一再反覆。

正賢關上門，走過去靠在勢賢對面的簡易病床。沒多久前他們還一起去吃粥。那天的記憶變得遙不可及。勢賢的臉瘦了一圈，下巴不知道是被劃傷還是怎麼了，貼了好幾層紗布，最上面還貼了一塊手掌大小的ＯＫ繃。她的雙眼布滿血絲，看起來很疲憊，可她眼神比以往任何時刻都要清澈。

現在的勢賢看起來就像一座小小的冰山，但誰也不知道她內心深處還隱藏著怎樣的慾望。正賢不忍責備。她既是加害者的共犯，也是失去親人的遺屬，又是無辜受害者。他現在不想去分辨她的話哪句是真，哪句是假，也不想批評她。若她真的是座冰山，那他願意成為冰山下游弋的人。陽光透過百葉窗照在她傷痕累累的手指上，她用另一手覆蓋住，想遮住調均留下的傷痕。看到這一幕，正賢皺眉，默默走向前。

勢賢的目光落在正賢的背影上，看著他拉下百葉窗，目光又慢慢轉向他受傷的肩膀，最後對上他的眼睛。百葉窗拉繩撞擊窗戶發出碰撞聲，兩人之間重新陷入寂靜。正賢小心地托起她被截斷的手指，說道：

「我知道，在回來之前，妳一定受了很多苦，但是我真的很高興妳回來了。」

正賢低沉的聲音彷彿觸動什麼，勢賢內心深處某個角落崩塌了。她靜靜地閉上眼睛，想起調均寄來的那本舊筆記本中，還有裡面紀錄的一段過去的真相。在那些照片裡，最讓她覺得違和的是最後一張照片，那是小時候的勢珍。那時勢珍剛掉門牙，卻開心說笑起來會有風聲，很好玩，故意把嘴巴張得更大，笑得更加燦爛。照片中的勢珍和勢賢很像。或許是因為太過珍惜那張照片，勢賢在筆記本最後一頁仔細塗上膠水，牢牢黏上那張照片。從那之後，勢賢裝得毫不在意，暗自悄悄模仿起勢珍的一舉一動，就連小細節也不放過。

還記得那一天，兩人一起堆完墳墓，雙手沾滿泥土踏上回家的路時，勢珍說：愛一個人像滲透一樣，來自認同，而不是理解。勢珍一直守在勢賢身邊，對她低語。勢珍從沒糾正過勢賢，也不曾指責勢賢的所做所為，反而希望勢賢把自己想要的東西寫在向日葵筆記本上，兩人一起去實現。在冰冷的冷凍卡車裡，臨死前的勢珍也沒有怨言。她說住在小木屋的日子真的很幸福；她說感謝有一個能一起坐在餐桌前享用美食，從不吝嗇滿足她願望的父親；她說感謝有個不常見面但每次見面都能聊到天亮的妹妹。

她說自己每天夜裡都在為三人的幸福祈禱；她道歉那些祈禱讓勢賢變得不幸。曾窩在溫暖的被窩裡輕聲談論愛的勢珍，在冰冷的卡車車廂地板上將一切交給勢賢後離開人世。勢珍的臨終遺言是希望勢賢一定要活下去，直到幸福找來。勢賢意識到，自從送走勢珍後，自己非常非常久沒有真正感受到他人的溫度了。

過去真心對待勢賢的人都離開了這個世界。媽媽是那樣；長得像媽媽的勢珍也是那樣。勢賢一直以為像勢珍的正賢也會那樣。然而，此刻他站在她面前，在呼吸，在說話。他沒有離去，留在了她身邊。

勢賢從未對正賢感到抱歉，因此也不覺得自己需要道歉。反之，每當正賢關心她時，她反而會有種征服者的快感。她一直覺得正賢會遭遇到那些考驗是他應得的。無論是將鑑定報告洩漏給媒體；還是對筆記本中照片撒謊；故意干擾失蹤者的搜索工作；或是調均的刀鋒指向他時，勢賢都從未動搖過。

然而，她無法眼睜睜地看他死去。假如當初她對媽媽、對勢珍、對那些死去的人都能這樣，結局會怎樣呢？可能是因為正賢放下的百葉窗，原本像要被曬傷的炙熱手指像謊言般冰冷。勢賢鼓起勇氣撫摸自己變得粗糙的指尖。那特別像調均的小指如今已經消失了。直到這一刻，勢賢才真切感覺到自己掙脫了那個不停在背後不斷舔舐著她的毀滅，就像從看似無法逃脫的洪水中奇蹟獲救一樣。即便渾身溼透，疲憊到沒有半分力氣，心靈卻如被洗滌過般，異常清醒。

對講機裡傳來消息，說調均開的卡車已經過了務安收費站。正賢知道自己的肩膀還沒完全恢復，然而，既然走到這一步，他便無法袖手旁觀。接到消息的湧泉警署也緊急派出搜查組，利用全南警察廳的支援人力，封鎖了退路，逐步縮小圍捕調均的網，全力追擊。幾乎無法正常走路的勢賢堅持要一起前往，正賢多次解釋，好不容易才說服她留下。直到他離開病房前，勢賢都躺在床上一直看新聞。正賢本希望她能睡一下，可是她反覆播放自己的新聞簡報畫面。

怕打擾勢賢，他輕手輕腳地收拾了行李。離開前，不知是否該道別，正猶豫不決時，勢賢先開口要他小心安全。經歷了這麼多事，勢賢看起來依然從容不迫。儘管身體傷很累累，她仍充滿活力與自信。正賢擔心獨自留下的勢賢，正想打電話確認她的狀況，最後還是將手機放回膝上。他決定不再擅自懷疑她是否在裝沒事。

對講機裡傳來急促的聲音，正賢要對方放慢語速，重說一次，不過對方沉默了。一股莫名的不安擴散，正賢拿起手機，上面全是未接來電和訊息。然而，他現在沒時間一一回覆。他對著對講機再次請求對方清楚複述一次，不過話還沒說完，對方便吼叫般報出了車牌號碼。正賢迅速將身體探往馬路中央，觀察經過的車輛。不遠處一輛蓋著卡其色防水布的卡車正危險地穿梭車道之間。

「那邊。跟上那輛車。車牌82Po-3749。蓋著防水布的白色卡車。」

當距離靠近後，更清楚地看見那輛卡車猛烈地搖晃著，隨時都可能翻車。正賢擔心造成重大事故，通過對講機請求管控後方車輛，並要所有人和那輛車保持適當距離。導航上顯示的速度不知不覺間，逼近時速一百五十公里，疾馳的卡車已橫跨車道中央。

「這樣下去，可能會撞上護欄。」

開車的刑警憂心忡忡地說。正賢無法理解調均的行為，到了這種地步，他應該已經注意到後面跟著警車了。若是想逃跑，應該會加速或切入其他路線製造混亂。但他沒有那麼做，他只是隨意穿梭在車道，驚險疾馳。他要去湧泉嗎？正賢打開地圖APP確認他開的路。距離湧泉還有很遠一段距離。

卡車劇烈晃動，警車裡的人不由自主地倒抽口氣。正賢忍無可忍，請求加速超車。隨著數字不斷攀升，緊張感不斷升高。警車很快追上了卡車，幾乎緊貼著它行駛。正賢好奇深色玻璃窗後的調均是什麼表情。開車的刑警熟練地超車，正賢則抓緊把手以防衝擊。沒過多久，後方強烈的撞擊使車子猛烈搖晃，正賢的膝蓋狠狠地撞上前座。雖然能感覺到車速正在逐漸減慢，然而，由於搖晃得太厲害，在車子完全停下來之前，所有人仍無法掉以輕心。

正賢用力拉開已停下的卡車車門。身後傳來阻止他的聲音，可是他仍然用受傷的左手舉起電擊槍，拉開駕駛座的門。然而，當看清楚駕駛座裡的情況後，便無力地放下了瞄準的槍口。全身的緊繃感瞬間消散。正賢將電擊槍放在地上，謹慎地靠近駕駛座。

勢恩緊盯著前方擋風玻璃。她臉上滿是恐懼和不安，正賢瞬間想起曾在巷子裡徘徊的勢賢。起初，他擔心勢恩會像那時的勢賢一樣具有攻擊性，因此不敢輕易放鬆戒心。然而，近距離看到的勢恩臉色蒼白，淚水盈眶，最讓他注意的是，她背後的腰墊上沾滿了鮮血。正賢立刻跳下車，想叫人支援。

「幫……幫我。」

正賢這才明白自己為什麼會想起勢賢。因為在那個騷動的夜晚，當勢賢把自己反鎖房門，獨自留在空蕩蕩的客廳時，他曾感覺到勢賢身邊需要有人陪伴。聽到勢恩的話，正賢毫不猶豫地踏上卡車踏板，解開她的安全帶。正賢大聲呼喊，要求叫救護車，同時檢查勢恩的狀況。她的腹部滿是鮮血，無法判斷具體受傷部位。正賢在腦中估算救護車到達的時間。

離開收費站後開了相當長一段路，哪怕救護車再快，至少也要二十分鐘才能到這裡。正賢問走近的刑警是否有科學搜查隊隊員同行，不過對方搖頭。眼下情況急需止血，正賢問其他刑警急救方法，然而，沒人知道該怎麼辦，只是手足無措。

「救護車現在到哪裡了？」

「還沒上高速公路。」

他心煩意亂地抓了抓頭髮，同時看見勢恩的眼神逐漸渙散，他不假思索地開始說話。

「我是湧泉警署的鄭正賢。我們見過面吧？之前在藥局門口見過的。」

聽到正賢的聲音，勢恩費力地側頭。

「能告訴我妳的名字嗎？」

勢恩緩緩張口，一個字一個字用力地說：

「胤……勢恩……」

「勢恩，妳現在很難受吧？救護車快到了，再等一下就好。」

正賢看到勢恩的手放在左側肋骨附近，便從急救箱拿出紗布，小心地按在上面。雖然勢恩痛苦的呻吟讓他不知所措，卻也清楚止血刻不容緩。正賢能做的只有祈禱血流得再慢一點，同時拿出乾淨的紗布擦拭傷口周圍的鮮血。他不停地和勢恩講話，讓她保持清醒。

「啊……我經常聽徐科長提起妳。妳知道徐勢賢科長吧？我和她很熟。」

談到勢賢，正賢注意到勢恩的眼神變得清醒了些。儘管只有一瞬間。為分散她的痛苦，他繼續聊著勢賢的事。

「她傷得不輕，但已經沒事了，妳也忍一忍，很快就會沒事的。」

正賢努力保持輕鬆的表情，看了看手錶。明明感覺已經過了三十分鐘，實際上才過去三分鐘。勢恩能堅持多久，沒人能知道，正賢唯一能做的就是在旁邊講些無關緊要的瑣事。勢恩的眼睛一次次閉上又睜開，眼皮抬起的速度越來越慢，正賢心急如焚，聽到遠處疾馳而來的車聲，立刻催促其他刑警去查看。不過那只是為了管制道路，前來支援的警用廂型車。正賢掩飾失望，又轉向勢恩。

「他們說快到了，勢恩？睜開眼睛，勢恩！」

勢恩的眼神已經失焦，正賢拚命呼喊她的名字。他粗魯地揮開身後想拉走他的手，聲嘶力竭地喊著勢恩的名字。

「鄭刑警！」

一名刑警握住正賢的肩膀，強行讓他轉頭看向後方。消防隊員已經抬著擔架，準備移動勢恩。正賢急忙讓出空間，不意一腳踏空，膝蓋重重撞在地上。他幾乎感覺不到疼痛，腦中一片空白。四處依然看不見救護車的蹤影。急救隊員將勢恩抬到擔架上止血，迅速移動到他們原本搭乘的警用廂型車上。眨眼間，他們放平座椅騰出空間，關上車門駛離現場。

「這是怎麼回事？」

正賢困惑於這突如其來的情況，抓住剛到的刑警追問。

「啊？什麼怎麼回事？」

「你們在路上遇到救護車了？」

「不是你指示我們帶急救人員一同前來，以防緊急情況嗎？」

「我？」

「是的，是那位法醫親自傳達的。」

聽到刑警的話，正賢後背一陣發涼，立刻跑向車子。他勉強穩住顫抖的手指，打電話給勢賢。然而無人接聽。他多麼希望她只是疲憊地躺在病床上睡著了。

「喂，您好，我是昨天凌晨住在三一六號房的鄭正賢刑警。我有急事，麻煩幫我接通病房裡的法醫。」

他不是不信任勢賢，只是因為他已經接受了她是怎樣的人，所以對可預想的結果更加不安。

「徐勢賢法醫嗎？她不是今天和你一起出去了嗎？」

勢賢靜靜站著，望向即將西沉的太陽。夕陽餘暉照亮天邊，染上了濃烈的紅色光芒，勾勒出壯麗的日落景象。她繞了很遠的路才回到這裡。時間已經過了許久，然而，除了零星的路燈，這裡和二十四年前幾乎沒什麼不同。勢賢踏上了通往泥灘的柏油路，經過一艘被廢棄的破船，走到路的盡頭時，她的呼吸聲嚇得螃蟹紛紛躲進洞中。數千名目擊犯罪現場的證人仍然守護著這裡。

勢賢靜坐著，用指尖輕輕按壓泥灘，感受到柔軟的包覆感後，再次抽出手指。指尖已被乾涸的泥土淹沒，顯得乾燥且粗糙。勢賢起身，慢慢地回頭看。這段漫長旅程的同伴正一拐一拐地從遠處走來。或許是勢恩定期為他染髮，歲月流逝卻找不到一絲白髮。然而，隔著幾步距離，客觀地看著調均，才發現他比想像中更顯蒼老。佝僂的身軀使他本就不高的身材更顯矮小。調均從懸崖上摔下後保住了性命，但運氣還差了些，沒能保住折斷的雙臂和扭傷的腳踝，因此走到這裡也花了很長時間。

調均擁有足以令人驚訝的特質：能夠輕易忘記過去，輕易地開始新人生。就像當年他父親的屍骨尚未完全埋入泥土，他就匆忙地逃離湧泉，躲到這裡一樣。他從懸崖下被救出後，又遇到一個女人，又有了一個女兒。然而，如今無妻無女的他，只剩下一個不如往昔靈活敏捷的衰老軀殼。

據勢賢所知，調均康復後再次犯罪，因盜竊罪被罰款後釋放。那天，他可能深感需要勢賢，決心要改造勢恩。他像當初對勢賢那樣，教導勢恩，等待機會。

勢恩的實力一日比一日進步，然而，總有無法填補的缺陷。無法容忍任何失誤的調均，每當勢恩讓他失望的時候，他一定會更想念勢賢。也許是因為他的迫切，某一天勢賢就像天賜的禮物般出現在他眼前。大概是發生在他一度熱衷於上電視露臉的那起鹽酸襲擊事件時嗎？調均一定是精心設下圈套，將勢賢引到湧泉，再一直屏息苦等。調均的步伐中沒有一絲緊張，他以看透一切的表情毫不猶豫地走向勢賢。勢賢沉聲問：

「這裡還是老樣子吧？」

二十四年前，春天即將來臨的那一天，勢賢和調均一起將媽媽埋在泥灘。當時調均解釋說，媽媽是回到故土，是好事。那是調均第一次殺人。調均在離開湧泉的前一晚也來看過泥灘。遠處看去，他的肩膀微微顫抖，也許有人會誤以為他在哭泣。然而，從泥灘回來的調均，眼中燃燒著令人畏懼的火焰。即使後來搬到湧泉生活，他心中始終渴望能夠重返這片泥灘。

「我曾擔心過要是只有我一個人記得怎麼辦？」

勢賢說完，從口袋裡掏出手術刀。握手術刀是她最熟練的事。調均靜靜看著她，兩人彼此對望。退潮後的地方什麼都沒留下，可是勢賢彷彿聽到某處水波盪漾的聲音。她抱著虛無的期待，希望能有洶湧的浪濤將調均淹沒。

兩人不約而同地撲向對方。勢賢很清楚要刺哪裡最致命。為了這一天，她在腦海中演練了上千次。她自認有勝算。然而，在手術刀碰到調均之前，她便重重摔倒在地。臉頰火辣辣地疼痛，伸手一摸才發現鼻子在流血，可能調均的手肘擊碎了她的鼻骨，濃稠的鮮血流了出來。她搖晃著頭想讓自己清醒，調均厚實的手掌再次扇來，她的嘴唇立即破裂，緊接著那雙手掐住了她的脖子。察覺到死亡逼近，勢賢的身體逐漸變得僵硬。

恐懼襲捲了勢賢，意識到自己即將死在調均手裡，拚命掙扎時，手術刀滑落。她好不容易掏出口袋裡事先藏好的針筒，用盡全力刺進調均的手臂。藥物順著針頭滲入血管，勢賢趁機掙脫調均，劇烈咳嗽讓她的眼眶裡蓄滿淚水。這時調均緊抓著手臂，開始抽搐。他伸手想抓她的肩膀，勢賢使出最後的力氣推開他。

調均痛苦地蜷縮在地，死命抓著自己的手臂。勢賢急促喘息著，旁觀這一幕。調均邊尖叫邊向她求救。她彎腰撿起地上沾滿泥濘的手術刀。從脖子的疼痛感判斷，若再晚一點，她真的會被他活生生地折斷頸骨。

「不僅改了名字，還固定去醫院拿消炎止痛藥，這段時間，你真的很努力地活下去呢。」

勢賢用顫抖的聲音說著，伸手在口袋裡摸索。調均意識逐漸模糊，卻強撐著不斷眨眼。勢賢從口袋中拿出細心研磨的粉末，在他眼前晃了晃，調均布滿冷汗的額頭正因劇痛皺成一團。

「你不覺得奇怪嗎？就算吃了再多藥，手臂還是發麻，半夜照樣被肌肉酸痛痛醒……」

勢賢撕開剩下的藥包，將藥粉灑在他臉上。幾個空藥袋被潮溼的海風捲走，飄向遠處的泥灘。勢賢撿起一個在泥濘中滾動的藥包，拿到調均眼前。

「這是我在藥局買的高血壓藥，和你吃的止痛藥一起吃的話，會產生不良反應喔。」

白天貨車車廂內溫度高達三十五度，在那惡劣的環境中，調均對勢賢唯一的仁慈就是幾口水。這樣也能算家人嗎？在貨車上，三個人輪流喝一瓶水。他嫌倒進杯子麻煩，總是直接拿起瓶子喝，留下了許多口水，而勢賢就趁這時，偷偷加入親手研磨的高血壓藥。為了不讓調均察覺味道變化，她細微地增加藥量，一點一點蠶食他的生命。這種藥會通過排出體內水分降低血壓，因此勢賢也頻繁產生尿意，她不得不咬牙忍耐。此刻的調均再也無法忍受劇痛，全身搔癢，全身布滿深深的指甲抓痕。

「剛才我幫你打了強化韌帶的藥物，那一針不便宜，就當我第一次也是最後一次的孝順。我可是下了很大的決心才買的。」

見調均不停發出刺耳的慘叫，勢賢調整了手術刀的握法，走向痛苦翻滾的調均。

「肌肉越緊張，刺激就越強烈，所以你剛剛不應該對我那麼用力的。」

勢賢露出遺憾的表情，一把扯住調均袖口，用手術刀劃開套在外面的長袖，慢慢地割開衣服。

「在炎症還沒消之前，都會很痛的。所以老實點，什麼都別做。」

勢賢從小就好奇，這個與自己相似的男人，內部結構究竟長什麼樣子。她早已決定，等調均停止掙扎，就用他教她的方式，親手將他剖開。先剖開腹部，再劃開胸膛，最後分離腿骨。她在腦中冷靜地演練著解剖步驟。調均掙扎時，衣服上濺滿了骯髒的泥濘。他的掙扎逐漸變得微弱，然而，勢賢卻在原地一動也不動。她在猶豫什麼？她一直夢想這一天的到來，不過此刻望著調均，先前的決心竟如同不曾存在般逐漸消散。她比誰都清楚不會再有第二次機會，偏偏身體不聽話。

就在這時，勢賢口袋裡的手機震動。嗡嗡響了好幾次又安靜。她原本想確認來電者，不料手機又震了起來，她失手，手機掉到地上。沾滿泥濘的手機還閃著微弱的亮光。

勢恩沒事。

勢賢緊盯著手機螢幕，反覆閱讀那行字，直到亮光徹底熄滅。她重新將調均虛弱無力的手腕固定在地上，重新握緊手術刀。這次，她要放光他體內所有流動的鮮血。然手卻抖個不停，她換了個角度重新握住手術刀。她到底有什麼好猶豫的？

勢賢靜靜閉上眼睛，回溯那些流逝的季節。被獨自留下的她，孤獨得令人窒息。日復一日，她背負著被詛咒的人生重量，重複著註定失敗的戰鬥。她咬牙撐過每一天，相信總有一日有人能解救自己於這可怕的枷鎖。直到看見那張夾在筆記本最後一頁的畫之前，她確實是這麼相信的。

畫中是兩個手牽手的小女孩。那是勢賢人生中第一次，也是唯一一次畫的全家福。在畫的上方歪歪斜斜的字體寫著：

我和勢珍姊姊。

勢賢猛然起身，將手術刀拋到遠方的泥濘中。她想把翻湧而上的噁心感，連同五臟六腑都吐出來，但是什麼都沒吃的她只吐出了幾口唾液。勢賢撐著站起，呆望著半陷於泥濘中的手術刀。

「謝謝你沒辦理姊姊的死亡登記。」

勢賢不帶感情地說道。在地鐵站發現夾在筆記本中的畫之後，她終於直面了深埋在潛意識中的勢珍。記憶的碎片逐漸拼湊，扭曲的過往瞬間被導正了。她多想像什麼都沒發生過一樣，乞求那些被她遺忘的歲月的寬恕。然而，她也明白她沒資格乞求。所以，她開始制定計畫。

她拿著一張看起來與勢珍相像的證件照去了居民中心，模仿勢珍的言談舉止，補發了身分證。當她看著印有自己照片卻屬於勢珍名字的身分證時，兒時記憶一幕幕湧現。那時的勢珍炫耀人生第一張身分證，雀躍地說等上了大學，一定要一起去濟州島旅行。勢珍一直記得勢賢想坐飛機的心願。

勢賢用勢珍的身分證申請了家庭關係證明書，在「父親」那一欄，果然如當年在小木屋裡偷看到的文件一樣，上面有著調均的名字。調均或許是怕惹上麻煩，竟沒有替親生女兒勢珍辦理死亡登記，只是厚臉皮地改了自己的名字，繼續扮演著體面的一家之主。

勢賢早料到他若活著，身體狀況不會太好。於是，她用他改名後的身分查了醫院病歷，果然找到了他苟延殘喘的生命軌跡。從那時起，她就開始制定天衣無縫的計畫抓到調均。縱使有過意外情況，不過計畫終究成功了。現在調均的命掌握在她手中。勢賢閉上眼睛，鹹澀的海風吹來，落日發出刺眼光芒，勢賢睜開了眼。是時候放下曾經彷彿永無止盡的痛苦了。

「姊姊要我轉告你，謝謝你讓她來到這個世上。」

勢賢每吐出一個字都像自己的肉被撕裂般，憤怒讓她的身體失控地顫抖。她腳下踩著調均的脖子，隨時都能結束他的生命，然而，就像勢珍過去對她做的那樣，勢恩應當獲得同樣的關愛。

「我也是。謝謝你讓我來到這個世界，但要真的感覺幸福，恐怕還需要一些時間。你先去監獄裡等著吧。等哪天我遇到好事，我會去跟你炫耀的。」

調均嘴唇微動，似乎還想說話，然而，現在的勢賢早已不是會乖乖聽他說話的孩子。她隨意用衣服擦拭手機上的泥濘，按下通話鍵。等待接通的撥號音在耳畔迴盪，她平靜地環顧周遭。調均總說勢賢和自己沒什麼不同。然而，勢賢身邊有過勢珍，而以後勢恩的身邊有她。

「爸爸，再見。」

8月18日

正賢調低了收音機的音量。今年夏天雖不比去年炎熱，然而，颱風總是不是時候地光臨，他實在等不下去，將棉被送去乾洗店清洗。他曾以為夏天的魅力在於漫長的白晝，然而，午後一場雨，明明時間不晚，卻讓街道迅速籠罩於黑暗中，路上充斥五顏六色的車燈。直到現在，正賢每次確認日期時依然會心有餘悸。勢賢的名字出現在螢幕上的瞬間，鮮明得彷彿昨日，竟然已經過了三個禮拜，讓人難以置信。

調均在被移交警方之前先送往醫院，勢賢則主動前往警署配合調查。檢方清楚，若以妨礙公務罪起訴這位幫他們抓到連環殺手的法醫，恐怕會淪為笑柄，因此以協助逮捕調均為由，迅速做出緩起訴處分。七月底，勢賢回到了國科搜。奇怪的是，接下來一段時間裡，她的名字比調均更常登上新聞標題。時事節目也對她的法醫資格吵得不可開交，各電視台的採訪車更是長駐國科搜門口，只為搶到她的獨家專訪。

當事人勢賢反倒對一夜成名不以為意，還笑說這樣也不錯。她一直期望的升職最後泡湯了，可是她在電話中輕描淡寫地表示，說不定留在首爾反而更好。就在調均移送檢方的那天，她立刻收拾行李離開湧泉住處，回到首爾。正賢也回到了重案組。隨著案件解決後，組裡的氣氛逐漸恢復，好像先前那段緊張的氛圍不從存在般。問題在於，雖然和勢賢相處的時間不算長，但習慣了與她一起行動、隨時聯絡的正賢，竟比預期得更不習慣勢賢不在身邊。

正賢藉口要查清勢賢怎麼拿到個資，主動聯絡了她。勢賢一口咬定，那不過是自己去做簡報時在電梯裡偶然聽到的資訊，要正賢別再存疑。正賢尷尬，語無倫次地想掛斷時，勢賢忽然為之前的謊言道歉，又補充說，電梯聽到的那部分是真的，他可以相信。她雖含糊帶過，無論如何，這是她第一次認真向他道歉。從那通電話之後，兩人維持著私人情誼。

八月到來，強颱即將登陸的消息傳出，勢賢的事情逐漸淡出大眾記憶，只有偶爾在犯罪時事節目裡，「裁縫師案」，也就是胤調均連環殺人案成為焦點時，勢賢的名字才會被重新提及。也有節目公開質疑她是否適合繼續當法醫。幸好，至今還沒有任何節目挖出勢恩過。這都要歸功於正賢和湧泉警署重案組在製作調均筆錄時付出的心力。每當案件又被媒體翻出，成為焦點時，正賢總會和組員們開玩笑說，這份事絕對能排入今年做的好事前五名。

收音機傳來消息。今日中午首爾廣場舉辦了悼念受害者的追思會，以及譴責警方辦案不力的示威活動。這場示威讓輿論自然生溫，警方內部也形成新的共識：以後從初期偵辦時就應優先鎖定嫌疑人，並加強對受害者的保護。正賢邊聽邊想，幸好示威時沒下雨。

到達目的地卻找不到停車位，正賢不得已又繞了一圈，好不容易在遠處的收費停車場停好車。他拿起雨傘匆忙跑去。透過玻璃門可以看到勢賢的眼皮一如既往地半垂著，一副疲憊的模樣，今天她好像不太順心，和店員說話時也皺著眉頭。在她旁邊，勢恩穿著乾淨平整的襯衫，開心地照著鏡子。正賢急忙推門走入。

「不好意思，遲到了。路上塞車太嚴重了。」

勢恩揮手和正賢打招呼，然而，勢賢看都沒看正賢一眼，繼續對一臉為難的店員提問。

「她今天怎麼了？看起來心情很差。」

正賢走近勢恩，小聲問。勢恩後退兩步，張開雙手，讓正賢能把衣服看得更清楚。

「怎麼樣？」

「很適合妳。」

「可是姊姊說太大件，她不喜歡。」

正賢噗哧笑了出聲，勢恩也跟著笑了。看到這一幕的勢賢似乎更不高興，不悅地說：

「穿合身一點，這件一看就太大。」

「反正要穿到明年，而且我會長高啊。」

正賢立刻搞懂兩人爭執的原因。勢賢個子不算高，勢恩又比她還要矮一截。其實，問題根本不出在身高，是因為兩人的關係還不夠親密，勢恩不擅長開口拜託姊姊，勢賢面對勢恩也表現笨拙。勢恩大概是擔心以後長高又要買新制服，才想買大一號，然而，勢賢本來就不是會考慮這種細節的個性，自然覺得勢恩又在無理取鬧。就在這時，勢賢帶著嘲諷的笑容脫口而出：

「妳不知道我們家的基因嗎？現在這個高度是妳的極限了。」

勢恩嘀咕說自己媽媽很高，又堅持了一下子才脫下襯衫掛回衣架。神奇的是，兩人的爭執總是這樣無趣地收場。店員如釋重負般鬆了口氣，總算從兩姊妹的交戰中脫身，從櫃檯拿出一個結實的塑膠袋，將制服裝入袋裡遞給勢恩。正賢搶先接過袋子，故意逗著垂頭喪氣的勢恩，說等一下把點菜的權利讓給她。

「名牌是三個，對吧？」

店員將剛做好的塑膠名牌遞給勢賢。她正要掏卡結帳，卻一下頓住，接過了名牌。白底綠邊的名牌上端正寫著「徐勢恩」三個字。

「真的這樣就可以了嗎？」

勢賢將名牌遞給勢恩，問道。

「嗯，我很喜歡。」

勢恩用燦爛的笑容回應，炫耀般地將名牌別在新書包上，又拉著正賢站到鏡前，原地轉了一圈炫耀新書包。正賢站在一旁，看她這麼開心，忍不住也笑著連連豎起大拇指。一直靜靜觀察兩人的勢賢，轉頭要店員再拿一件勢恩想要的尺寸。接過信用卡的勢賢看了自己纏著繃帶的右手，少了的小指讓手掌顯得少許空洞。然而，她不以為意地微笑走向兩人。

作者的話

我是個喜歡把「愛」掛在嘴邊的人，總想創作關於愛的故事。

那天，我聽完犯罪心理學講座後，繞著操場散步後走回宿舍。在講座中，我第一次思考的不是加害者的人生，而是那些並非出於本意就停下腳步的受害者的人生。那是個晚霞倔強燃燒，暮色渲染的秋天。

人們經常不去追問犯罪者為何犯罪，反而跑到受害者面前問：

「你覺得為什麼會發生那樣的事情？」

然而，我所知道的犯罪受害就像好端端地走在路上，卻不意遭遇地面塌陷的事故，就像遇到了天坑。兩者的區別是，似乎沒人在意如何從深淵中救出受害者，大家只是好奇地看兩眼就離去。

這些不願習慣的情況就這樣層層累積。研究犯罪就像活在有永不熄滅的警示燈的世界一樣。已發生的、尚未發生的，或可能發生的，那些毫無預警的恐懼正在困擾著我們。而於我，那份恐懼歸結成一個答案：我學會了戒備，漠視與如履薄冰地活著。

勢賢就誕生於那片混沌之中。我想創作一個故事，講述一個即使身陷深淵，也能靠自己的力量倔強爬出深淵的主角。故事就這樣開始了。在我寫作的日子裡，世界自顧自地轉動，這期間，發生了更多無法理解的事。有些事帶來的衝擊之大，足以讓我陷入長達數日的挫敗感。正當我懷疑自己的想法是否出了錯，在無力感中掙扎時，我遇到了一些像正賢一樣的人。我從他們身上學會如何不被充滿矛盾的現實擊倒的方法。那就是懷著溫暖的心繼續前行。他們同時也教會了我，這種發自內心的力量有多強大。

溫柔與猶豫，包容與傷痛，積極與孤獨，體貼與放棄，過錯與寬恕。所有這些看似矛盾的事物，最終都匯集成愛。我豎起拇指朝下，其餘手指蜷成圓形，雙手重疊比出心形。我的愛也是如此，既圓融又尖銳。懷著未能站在那些破碎靈魂那邊的愧咎，又在這個受害者痛苦不斷重演的殘酷世界流連不走的愚昧。從這個角度來說，這些文字也是關於我所信仰的「愛」的故事。

每當收到一大疊充滿修改痕跡，卻仍然有一大堆待調整的原稿時，我都羞愧得恨不得找個地洞鑽進去。直到最後階段，那份羞愧感仍鞭策我一遍又一遍地翻閱已經整理好的稿子。

這本小說能面世是因為有許多人的鼎力襄助。感謝H和S從一開始到現在，一直給予不變的信任與支持；感謝Y承諾了續集；感謝編輯M的不吝指教，雕琢我生澀文字；還有感謝執行編輯K給了一無所有的我這個機會。謹藉此頁，向各位獻上一直以來的謝意。

最後，致某天終會讀到這本小說的家人們。很抱歉這麼久的時間都沒有告訴你們。謝謝你們的等待。一定要保重健康。

這是一段漫長的旅程。在大學莽撞無畏時寫下的文字，如今由一個經歷挫折，學會謙卑的上班族，畫下句點。

二〇二三，十月

愛各位的 崔異導

【Mystery World】MY0036

拿著手術刀的獵人
메스를 든 사냥꾼

作　　　者❖崔異導
譯　　　者❖黃莞婷
選　書　人❖江品萱
封 面 設 計❖高偉哲
內 頁 排 版❖HAMI
總　編　輯❖郭寶秀
編　　　輯❖江品萱
行 銷 企 劃❖力宏勳

事業群總經理❖謝至平
發　行　人❖何飛鵬
出　　　版❖馬可孛羅文化
台北市南港區昆陽街16號4樓
電話：(886)2-25000888
發　　　行❖英屬蓋曼群島商家庭傳媒股份有限公司城邦分公司
台北市南港區昆陽街16號8樓
客服服務專線：(886)2-25007718；25007719
24小時傳眞專線：(886)2-25001990；25001991
服務時間：週一至週五9:00～12:00；13:00～17:00
劃撥帳號：19863813　戶名：書虫股份有限公司
讀者服務信箱：service@readingclub.com.tw
香港發行所城邦（香港）出版集團有限公司
香港九龍土瓜灣土瓜灣道86號順聯工業大廈6樓A室
電話：(852)25086231　傳眞：(852)25789337
E-mail：hkcite@biznetvigator.com
馬新發行所城邦（馬新）出版集團【Cite (M) Sdn. Bhd.(458372U)】
41, Jalan Radin Anum, Bandar Baru Seri Petaling,
57000 Kuala Lumpur, Malaysia
電話：(603)90563833　傳眞：(603)90576622
E-mail：services@cite.my
輸 出 印 刷❖前進彩藝股份有限公司
初 版 一 刷❖2025年08月
定　　　價❖430元
定　　　價❖301元（電子書）

國家圖書館出版品預行編目(CIP)資料

拿著手術刀的獵人 / 崔異導著 ; 黃莞婷譯.
-- 初版. -- 臺北市 : 馬可孛羅文化出版 : 英屬蓋曼群島商家庭傳媒股份有限公司城邦分公司發行, 2025.08
面； 公分. -- (Mystery world ; MY0036)
譯自 : 메스를 든 사냥꾼
ISBN 978-626-7747-11-7（平裝）
862.57　　114008561

ISBN：978-626-7747-11-7（平裝）
EISBN：978-626-7747-10-0（EPUB）

城邦讀書花園
www.cite.com.tw